Urs Zingg

VERLOREN

Buch

David ist jung, lebenshungrig und sehnt sich nach Wärme und Geborgenheit. Die Schatten seiner Kindheit hofft er hinter sich zu lassen und die Welt zum Guten zu verändern. In Tom findet er einen Bruder im Geiste. Ihr gemeinsames Engagement für die Umwelt wird zusehends radikaler. Zu spät erkennt David, welche Abgründe sich bei seinem Freund auftun.

Autor

Urs Zingg, Jahrgang 1963, lebt mit seiner Ehefrau und seinen beiden Söhnen in der Umgebung von Bern. Seine berufliche Karriere startete er als Journalist. Heute arbeitet er als Coach mit jungen Menschen, die aus schwierigen Verhältnissen stammen und Unterstützung für den Start in die Ausbildung benötigen. Ihr Wunsch nach Zuwendung und Geborgenheit sowie ihre menschlichen Abgründe sind ihm vertraut. Diese Geschichte ist sein erster Roman.

Urs Zingg

VERLOREN

Roman

Bibliografische Information der Deutschen
Nationalbibliothek: Die Deutsche Nationalbibliothek
verzeichnet diese Publikation in der Deutschen
Nationalbibliografie; detaillierte bibliografische Daten sind
im Internet über http://dnb.dnb.de abrufbar.

1. Auflage, 2022
© 2022 Urs Zingg

Umschlaggestaltung: Marco Zingg

Herstellung und Verlag: BoD – Books on Demand,
Norderstedt

ISBN: 978-3-7557-9617-6

Erster Teil

1

David Bader fühlte sich gerädert. Die Nacht hatte sich wie zähflüssiger Karamell in die Länge gezogen. Viertelstündlich hatte David die Glockenschläge gezählt, die der Wind von der Kirchturmuhr aus dem Tal hochtrug. Die Windböen hatten an Dachziegeln, Fensterläden und Türen gerüttelt, waren durch die zahlreichen Ritzen des morschen Fachwerks gedrungen und hatten es stöhnen und erzittern lassen. David zog die Decke über den Kopf. Er hatte keine Lust, aufzustehen. Er konnte Sonntage nicht ausstehen. Sie verhießen wenig Erfreuliches.

In der Küche sah es aus, als ob der nächtliche Sturm eine Schneise der Verwüstung geschlagen hätte. Es roch beißend nach saurer Milch und abgestandenem Zigarettenrauch. Der Aschenbecher war voller Kippen. Der Geschirrberg der letzten zwei Tage stapelte sich in der Spüle. In der Pfanne klebten vertrocknete Nudeln. Aus dem Abfallkübel stieg ein süßlicher Geruch von verwesendem Schinken.

David bezwang seinen Würgereiz. Es war nicht das erste Mal, dass er das Chaos beseitigen musste, das sein Vater hinterlassen hatte. Er leerte den Ascher in eine Plastiktüte, verknotete diese und warf sie in den Abfall. Er ließ das Spülbecken mit Wasser volllaufen, weichte das Geschirr ein und schrubbte es mit dem Geschirrbesen. Beim Zuschnüren des Müllbeutels hielt er die Luft an.

Er schnitt sich eine Scheibe Brot ab, die an den Rändern vom Schimmel grünlich gefleckt war und entsorgte sie im Kehricht. Das zweite Stück bestrich er mit matschiger Butter. Das erinnerte ihn daran, montags den Installateur anzurufen, denn der Kühlschrank hatte nach wiederholten Aussetzern und einem dumpfen Knall, vor zwei Tagen seinen Geist aufgegeben. Außer der Butter, einem angebrochenen Glas Gurken und drei schrumpeligen Karotten, herrschte darin Leere. Da er keine Milch mehr fand, stürzte er einen Becher Leitungswasser hinunter, um seinen ärgsten Durst zu stillen. Er war spät dran. Es hatte Zeit gekostet, die Küche wieder in Schuss zu bringen. Er zog sich seine löchrigen Handschuhe und seine Wollmütze über. Hastig schlüpfte er in die Ärmel seines abgewetzten Mantels, touchierte dabei aber eine der gerahmten Fotografien, die an der Wand neben der Garderobe hingen. Zeitlupenartig pendelte der Bilderrahmen hin und her. Durch die Schwingungen lockerte sich der Nagel und löste sich aus dem Mauerwerk. David griff nach dem Bild. Der Rahmen glitt ihm zwischen den Handschuhen durch und schlug auf dem Boden auf, wobei das Glas in Dutzende Teile zerbarst. Es fühlte sich wie Nadelstiche für seine Trommelfelle an. »Verdammt!«, entfuhr es ihm heftiger als beabsichtigt, obwohl er während seiner Kindheit gelobt hatte, nie zu fluchen. Die Aufnahme, welche ihn als pausbäckigen, grinsenden Dreikäsehoch auf dem Schoss seiner Mutter zeigte und ihm viel bedeutete, lag zerfetzt sowie übersät von zahllosen Scherben auf dem Holzboden. Mit spitzen Fingern zog er das zerschnittene Foto zwischen den Glasscherben hervor und legte es in die Kommode. Er griff nach dem Besen und wischte die Splitter notdürftig unter die Anrichte. Sobald er zurückkäme, wollte er diese entsorgen.

Er hastete die Treppe hinunter, packte im Schober sein klappriges Fahrrad, dessentwegen ihn seine Mitschüler immerfort hänselten und zog es rückwärts aus dem Radständer. Von der katholischen Kirche her schlugen die Glocken zum Vorläuten. David blieben fünf Minuten bis zum Beginn der Messe.

Seinen Vater hatte er heute noch nicht zu Gesicht bekommen. Üblicherweise war er morgens im Stall bei den Kühen am Ausmisten, Heu futtern und Stroh streuen. Danach verkroch er sich den restlichen Tag in

7

seine Werkstatt und hämmerte, schraubte oder schweißte an irgendeiner Maschine. David hatte diese Kammer als Kind geliebt. Es war ein verwunschener, entrückter, aus der Zeit gefallener Ort. Fahles Licht drang durch die blinden, mit Spinnweben verklebten Scheiben. An der Wand über der Werkbank hingen Feilen und Zangen. Die Gabelschlüssel und Schraubenzieher waren alle der Größe nach geordnet und aufgereiht wie römische Legionäre, die in Kampfformation bereitstanden. Auf der Hobelbank war ein rostiger Schraubstock montiert. An diesem hatte er als Kind mit Vergnügen gekurbelt. Dabei musste er sorgfältig vorgehen, damit ihm der Dreharm nicht auf den Kopf krachte. Büchsen und Kanister lagen übereinandergestapelt auf einem Gestell. Es roch im ganzen Raum nach einem stechenden Gemisch aus Kunstharzfarbe, Mineralöl und Terpentin.

Sein Vater ließ ihn in jenen Tagen wiederholt in sein verwunschenes Reich eintauchen. Damals hegte er die Hoffnung, aus David werde dereinst ein solider Handwerker, ein Tischler oder womöglich ein Landwirt, der in seine Fußstapfen treten würde. Er weihte ihn unermüdlich in die Techniken der Werkzeuge ein. Er zeigte ihm, wie man einen Lötkolben, den Doppelhobel oder einen Rollgabelschlüssel in den Händen hält und wie man diese bedient. Diese intimen Momente lagen weit zurück und waren nunmehr eine diffuse, schmerzliche Erinnerung. Zuhinterst in der

Kammer, in einem wackeligen, schmucklosen Schrank, hinter Schrauben und Nägeln verborgen, lag Vaters Geheimnis, sein »guter Geist«, wie er seinen Schnaps zu bezeichnen pflegte. Hin und wieder griff er, wenn er sich unbeobachtet wähnte, nach der abgegriffenen, verstaubten Flasche und gönnte sich einen kräftigen Schluck daraus.

Die Brise war schneidend, die Straßen voller Schnee-matsch. David musste gehörig aufpassen, dass sein Vorderrad in den Kurven nicht weg schlitterte. Seine Knie streiften bei jeder Pedalumdrehung den Lenker. Seit längerem hätte er den Sattel höherschrauben sollen. Innerhalb der letzten Monate hatte er wieder einen kräftigen Wachstumsschub hinter sich gebracht. Seine Arme und Beine hingen am Körper, als ob sie unter Folter auf der Streckbank langgezogen worden wären. Für einen fünfzehnjährigen Jugendlichen war er hoch aufgeschossen. Da die feuchten, abgenützten Bremsen kaum griffen, drosselte er das Tempo hang-abwärts mit dem rechten Fuß. Diese wiederholten Bremsmanöver hatten das Profil seiner Sohle derart abgeschliffen, dass die Bremswirkung verpuffte.

Er sog die eisige Luft tief ein. Er nahm die Kälte nicht wahr. Auf seinem Fahrrad fühlte er sich frei und ungebunden. Am liebsten wäre er heute weitergera-delt, an der imposanten Kirche vorbei durchs Dorf, über die abgeernteten Felder, durch den verschneiten

Wald, über die Grenze nach Deutschland. Doch in wenigen Augenblicken erwartete ihn seine sonntägliche Pflicht, der Ministrantendienst.

Als David vor der Kirche stoppte, eilten die letzten verspäteten Kirchgänger durchs Eingangsportal in den Gottesdienst. David schmiss sein Rad achtlos in eine Ecke, hetzte die Treppe hinauf, drei Stufen gleichzeitig überspringend und riss die schwere Holztüre zur Sakristei auf. Pfarrer Schäfer stand in seinem Talar bereit und schaute tadelnd Richtung Wanduhr. Soeben läuteten die Glocken die Messe ein. Davids Chorhemd hing glattgebügelt am Kleiderständer. Atemlos streifte er es über, hängte sein Holzkreuz um den Hals und band den Cingulum um seine Hüfte. Ein kurzes gemurmeltes Gebet, rasch den Kaugummi in den Abfallkübel entsorgt, dann öffnete David die Verbindungstüre zur Kirche. Aufrecht, mit durchgestrecktem Rücken und erhobenem Haupt, schritt er hinter dem Pfarrer durch die Kirche zum Altar, wo sie niederknieten und der Priester den Gottestisch küsste.

David klingelte sanft die Glöckchen, das Zeichen für den Organisten, mit seinem Spiel einzusetzen. Alle Kirchenbesucher erhoben sich zur Begrüßung und fingen an zu singen.

Wenn David jeweils das blütenweiße Gewand überzog, tauchte er in eine geheimnisvolle, entrückte Welt ein und streifte die Last und die Sorgen des Alltages ab. Seine Gedanken hörten auf zu kreisen, sein Puls verlangsamte sich. Die wiederkehrenden Rituale gaben ihm Halt und Sicherheit. Die Gesänge, das Orgelspiel, der Weihrauch und die monotonen Gebete des Pfarrers übten eine beruhigende Wirkung auf ihn aus. David lauschte der Predigt des Geistlichen nur mit einem Ohr. Die Worte drangen gedämpft, aus der Ferne zu ihm.

Er kannte jedes Detail der Messe auswendig, war im Bilde, wann sein Einsatz erfolgte. Erst zum Tagesgebet war er wieder an der Reihe. Dann sollte er das Messbuch holen und vor dem Priester hochhalten, damit dieser das Gebet vorlesen konnte. Er wusste, dass dieser Teil nach dem Glorialied dran war. In der Zwischenzeit hing er seinen eigenen Gedanken nach.

Seine Augen wanderten langsam an der Säule zum Gewölbe hinauf. Dort zog ihn jedes Mal von Neuem ein trompe-l'oeil in den Bann, das die Himmelfahrt Jesu dreidimensional mit Hilfe perspektivischer Darstellung veranschaulichte. Er konnte sich an diesem Meisterwerk kaum sattsehen. Den Kopf im Nacken, fixierte er das Gemälde, bis es ihn hineinzog in seine Tiefe und ihn schwindlig werden ließ.

Die Eucharistiefeier forderte von ihm als Ministrant hohe Konzentration ab. Es oblag ihm, die Gaben zu holen und den Altar zu decken, wozu er Kelch, Hostienschale, Wein und Wasser benötigte. Es folgte die Inzens, das Anzünden des Weihrauches, dessen Duft ihn regelmäßig betörte. Pfarrer Schäfer nahm die

Gaben und bereitete sie vor. Zum Abschluss wusch er sich die Hände.

Beim Hochgebet musste David die Wandlungsglocken läuten, ein Brauch, der aus der Zeit der lateinischen Messe herrührte. Als Novize wurde es David während dieses Gebets durch das lange Knien oft übel. Pfarrer Schäfer erlaubte ihm jeweils, gemessenen Schrittes zurück in die Sakristei zu gehen und sich hinzusetzen. In hartnäckigeren Fällen durfte er kurz an die frische Luft, bevor er wieder seinen Platz vor dem Altar einnahm. Jetzt war er indes ein erfahrener Ministrant, den nichts mehr rasch umhaute.

Nach der Kommunion folgten Danksagung und Schlussgebet. Dies war jeweils der Moment, an dem David aus seinen Gedanken und Betrachtungen zurück in die raue Wirklichkeit gerissen wurde. Ihm wurde bewusst, was ihn in wenigen Augenblicken erwarten würde.

Während die Gläubigen die Kirche verließen, kniete er ein letztes Mal vor dem Altar nieder. Anschließend gingen Pfarrer Schäfer und er gemessenen Schrittes nach hinten in die Sakristei für ein kurzes Abschlussgebet. Dieser Moment, allein mit dem Priester in dem engen Raum, war für David unerträglich. Dann verzog er sich hinter den Kleiderständer und beeilte sich mit dem Umziehen. Er war jeweils heilfroh, wenn vor der Kirche ein Kamerad auf ihn wartete und er einen Vorwand hatte, diesen Ort fluchtartig zu verlassen. Heute hatte David die Tür-klinke schon in der Hand, um sich unter die Kirchen-gänger zu mischen, als er die salbungsvolle, etwas zu hohe Stimme Pfarrer Schäfers hinter seinem Rücken vernahm.

»David, hättest du einen Augenblick Zeit, mir behilflich zu sein?«

Es hätte einer kaum sichtbaren Bewegung seiner rechten Hand bedurft, die Türe wäre aufgesprungen, er wäre draußen in der Menschenmenge untergetaucht und die Widerwärtigkeiten, die folgen sollten, wären ausgeblieben. Fatalerweise war David zu absoluter Gehorsamkeit erzogen worden. Als oberstes Gebot hatte sein Vater ihm all die Jahre eingebläut, sich einer Autoritätsperson bedingungslos unterzuordnen.

Pfarrer Schäfer näherte sich ihm. Sein aufdring-liches, viel zu süßes After Shave widerte David an. Wie durch ein Vergrößerungsglas registrierte er die feinen Äderchen über den Nasenflügeln des Priesters und dessen aufgequollene Tränensäcke unter den zu eng stehenden Augen. Ohnmacht und Ekel überkamen ihn. Er verabscheute es, machtlos dazustehen, ohne sich wehren oder flüchten zu können. Er empfand abgrundtiefen Hass auf diesen grobschlächtigen, gott-losen Menschen vor sich, dessen speckige Hände nach seinen Knöpfen grapschten. Der Pfarrer schlang seine feisten, zu kurzen Arme um Davids jugendlichen Körper und presste seinen Ranzen an ihn. Aus jeder

Pore des Priesters drang sündiges Verlangen. David fühlte die Erregung, die sich unter der Soutane des Pfarrers ausbreitete.

2

Davids Vater, Jonathan Bader, hatte den ganzen Sonntagvormittag in seiner Werkstatt die Messer des Grasmähers mit Hilfe der Schleifmaschine gewetzt, dass die Funken stoben. Es herrschte zwar Sonntagsruhe. Hier oben am Waldrand und abseits des Dorfes störte dies aber niemanden.

Der mikroskopische Metallstaub hatte seine Kehle verklebt und ausgetrocknet. Er war durstig und brauchte dringend einen Schluck Wasser. Schweren Schrittes, die rechte Hüfte nachziehend, stieg er die Treppe zum Haus hoch. Im Entree stach ihm das helle Rechteck an der Wand ins Auge. Gestern hing an dieser Stelle noch die Aufnahme seiner verstorbenen Frau mit David auf den Knien. Er trat näher zur Wand, um die Lücke zu inspizieren. Unter seinen Schuhsohlen knirschte es. Er sah zu Boden und entdeckte das Häufchen Glasscherben, das David auf die Schnelle zusammengekehrt hatte.

Jonathan Baders Halsschlagadern schwollen an. Seine Kiefer begannen wie Mühlsteine zu mahlen. Er ballte seine rechte Faust und schlug sie, einem

Hammer gleich, voller Wucht gegen die Wand. Obwohl die Haut über den Knöcheln aufschrammte und das Blut feine Rinnsale zwischen den Fingern bildete, spürte er keinen Schmerz. Die einzigen Gefühle, die er wahrnahm, waren Wut und Enttäuschung auf seinen Sohn. Dieser Nichtsnutz war verschwunden, ohne zu beichten, welches Missgeschick ihm widerfahren war. Jonathan haderte mit sich. Möglicherweise hatte er den Jungen zu sehr verweichlichen lassen und hätte ihn mit strengerer Hand und größerer Disziplin erziehen sollen.

Jonathan Bader verspürte keinen Durst mehr. Er knallte die Haustür zu und verschanzte sich in seiner Werkstatt. Dort fühlte er sich geborgen. An diesem Ort hatte er alles unter Kontrolle und niemand konnte ihm lästig werden. Sobald er die Türe hinter sich zuzog, ließ er die alltäglichen Zumutungen hinter sich.

Um sich zu beruhigen, brauchte er dringend einen Schluck seines »guten Geistes«. Er drehte den Schlüssel der Kommode, öffnete die verzogene Tür und zog hinter den Schrauben und Nägeln die Flasche hervor, die ihm in diesen Momenten guttat. Seine Hände zitterten leicht, als er den Korken rauszog. Er setzte die Pulle gierig an seine spröden Lippen und ließ das hochprozentige Zwetschgenwasser die Kehle hinunterrinnen. Sein ausgedörrter Hals sog jeden Tropfen dieser feurigen Flüssigkeit auf. Sein Rachen brannte, als ob er mit einer Feile traktiert würde. Eine wohlige Wärme breitete sich durch die Nebenhöhlen bis unter die Schädeldecke aus.

Nach ein paar Schlucken verschwand seine Verkrampfung und er entspannte sich allmählich. Seine Bewegungen wurden fahriger, sein Gang unkoordinierter. Seine Wut verrauchte und machte einer tiefen Melancholie Platz. Er setzte sich auf das antike französische Bett aus der Belle Epoque. Mit seiner Hand strich er zärtlich über den Metallrahmen.

Dieses Gestell hatten Julia und er vor vielen Jahren bei einem Spaziergang durch Kleinbasel in einem versteckten Trödelladen aufgestöbert. Es hatte verstaubt zuhinterst in einer Ecke gestanden, verborgen unter Bücherkisten und Schallplatten. Der Lack war an zahlreichen Stellen abgeblättert, ein paar Metallstäbe waren verbogen oder abgebrochen.

Julia hatte sich sofort in dieses zerschlissene Möbelstück verguckt. Sie hatte sich bei Jonathan untergehakt und ihn mit ihrem ganzen Charme und einer Kraft, die man ihr nicht zugetraut hätte, zu diesem Stück hingezogen.

Da Jonathan sie um einen Kopf überragte, stellte Julia sich auf ihre Zehenspitzen, um ihn von unten mit ihrem treuherzigsten Augenaufschlag anzuflehen. »Ich liebe dieses Teil. Es würde sich wunderbar zum Dekorieren mit Blumentöpfen eignen.«

Jonathan konnte seiner Frau selten einen Wunsch verwehren. Diesmal wollte er sich aber nicht so schnell geschlagen geben. »Dieser Rosthaufen gehört eindeutig auf den Sperrmüll. Schau dir diesen Wucherpreis an. Und transportieren lässt sich dieses Ungetüm auch nicht.«

Julias Augen verloren ihren strahlenden Glanz. Sie war nicht mehr bereit, zu kämpfen. Sie ließ die Schultern hängen und schmollte. Sie verließen den Laden. Julia trottete eine Zeit lang stumm und missmutig zwei Schritte hinter Jonathan her. Sobald er stehen blieb, stoppte sie gleichzeitig und tat, als ob sie die Auslagen eines Schaufensters musterte.

Julia hatte nicht bemerkt, dass Jonathan still in sich hineinlächelte. Da er handwerklich geschickt war, malte er sich aus, wie er mit etwas Aufwand aus dieser rostigen Bettstatt ein bezauberndes Möbelstück schaffen würde. Er bräuchte sicher passende Ersatzteile und zahlreiche ungestörte Stunden Zeit. Er plante, Julia zum zehnten Hochzeitstag in zwei Monaten mit dem herausgeputzten Bett zu überraschen.

In derselben Woche, als Julia zum Wocheneinkauf fuhr, tuckerte er mit dem Traktor in die Stadt, handelte den angeschriebenen Preis um 30 Franken hinunter und lud das Bett auf den Anhänger.

Zuhause zerrte er es unter Aufwendung seiner ganzen Kraft vom Ladewagen und schleppte es in die Werkstatt. Seine Familie wusste genau, dass sie ohne seine Erlaubnis diesen Raum niemals betreten durfte.

Sein Geschenk war vor einer Entdeckung sicher. Die folgenden Abende verbrachte er unter wechselnden Vorwänden in seinem Kabäuschen. Er sägte aus Metallrohren neue Streben, bog sie zurecht und schweißte sie an. Er übermalte das Gestell mit weißer Metallfarbe, bis sein Werk in frischem Glanz erstrahlte. Am Schluss trat er einen Schritt zurück und musterte das Möbelstück mit wohlwollendem Blick. Er hatte ganze Arbeit geleistet und war stolz und aufgeregt wie ein fünfjähriger Junge im Spielzeugladen. Der Hochzeitstag rückte rasch näher.

Diesen Tag sollte Julia aber nicht mehr erleben.

3

Jonathan wachte schweißgebadet auf. Er schien einge-
nickt zu sein. Er hatte wieder seinen Albtraum durch-
lebt, denselben, der ihn regelmäßig heimsuchte. Dabei
sitzt er am Steuer seines Opels Astra, Julia auf dem
Beifahrersitz. Sie fahren zügig auf der Landstraße.
Eine Allee säumt die Fahrbahn. Die Bäume verwi-
schen. Es ist Nacht und der Regen prasselt auf die
Windschutzscheibe. Die Scheibenwischer quietschen
auf der schnellsten Stufe über die Scheibe und ziehen
einen Wasserfilm hinter sich her. Aus dem Radio
ertönt Sinead O'Connors Hit »Nothing compares 2
U«. Julia und er sind vom Wein angeheitert, albern
rum, kichern. Es hat starken Gegenverkehr. Der nasse
Asphalt wirft das Licht der Autoscheinwerfer zurück
und bricht es auf der verschmierten Frontscheibe.
Ständig wird Jonathan geblendet, muss sich am rechten Randstreifen orientieren, um die Spur halten zu
können. Unvermittelt durchdringen rasch größer wer-
dende Scheinwerfer die Scheibe. Das Fahrzeuginnere
wird in ein weißes, gleißendes Licht getüncht. Ein gel-
lendes Horn, ähnlich einer Schiffssirene, durchfährt

seinen Traum. Danach reißt der Film und er wacht jeweils auf.

Jonathan versuchte, sich zurechtfinden und seinen Kopf von diesen düsteren Bildern zu befreien. Vom Bettgestell aus, nahm er schemenhaft die Wand mit den Werkzeugen und den Mähbalken davor wahr. Draußen hatte die Dämmerung eingesetzt. Nebel war vom Tal hochgekrochen und legte sich wie ein Gespinst über die Weiden.

Er hielt sich am Bettgestänge fest und probierte, auf die Füße zu kommen, was erst beim zweiten Versuch gelang. Der Raum drehte sich im Kreis und Jonathan fühlte Übelkeit in sich hochsteigen. Die Mischung aus selbstgebranntem Schnaps und dem vom Arzt verschriebenen Citalopram gegen seine Depressionen und Ängste hatten ihn niedergerungen. Seine Zunge war belegt und seine Kehle vollständig ausgedörrt. Er benötigte dringend ein Glas Wasser.

Matt und benommen überquerte er den Platz vor dem Wohnhaus, hangelte sich am Treppengeländer hoch und betrat die Wohnung. Drinnen war alles finster. David schien noch nicht zu Hause zu sein. Jonathan erinnerte sich verschwommen, dass der Junge heute seinen Ministranten Dienst hatte. Er durchquerte den Gang und ging in die Küche. Alles war aufgeräumt und an seinem Platz. Es gab kein Anzeichen, dass David seit der Messe heimgekommen wäre.

Jonathan nahm ein Glas aus dem Schrank, füllte es mit Leitungswasser und trank es gierig leer. Er schenkte sich zwei Weitere ein und stürzte diese hinunter. Sein rebellischer Magen brauchte feste Nahrung. Außer schlaffen Möhren und einem angebrochenen Glas saurer Gurken gab es aber im ganzen Haushalt nichts Genießbares.

In der Stube lag ein Vorrat an trockenen Keksen herum. Er riss die Packung auf, stopfte sich mehrere gleichzeitig in den Mund, schlang sie runter und spülte die staubigen Reste in der Kehle mit Wasser nach. Langsam kehrten seine Kräfte zurück.

Am folgenden Tag musste er wieder einmal das Nötigste im Dorfladen besorgen, was ihm zutiefst zuwider war. Dabei würde er, was sich kaum vermeiden ließ, auf vertraute Gesichter treffen. Manche kämen auf ihn zu und würden mit heuchlerischem Interesse nach seinem Befinden fragen und anschließend hinter seinem Rücken tuscheln. Die Ehrlicheren dagegen würden einen Bogen um ihn machen und so tun, als ob sie ihn nicht wahrnähmen. Es waren alles Menschen, mit denen er früher gerne einen Schwatz vor der Kirche oder im Restaurant Ochsen beim Spätschoppen hielt.

Die Wanduhr schlug 19 Uhr und David war noch nicht zurück. Jonathan stieg die knarrende Treppe in den oberen Stock hoch. Auch oben brannte kein Licht. Er schlich vor Davids Zimmer und hielt sein Ohr an die Tür, vernahm aber weder die metallischen Klänge von Davids Musik, noch andere Geräusche. Alles blieb still. Er klopfte verhalten an die Tür. Da kein »Herein« ertönte, drückte er auf die Klinke. Die Tür war verschlossen. Die Badzimmertüre stand angelehnt. Sein Sohn war nicht unter der Dusche. Jonathan stieg die Treppe hinunter und schritt eilig hinüber zum Schuppen mit den Fahrrädern. Davids Rad fehlte. Er schien immer noch unterwegs zu sein. Jonathan fing an, sich Sorgen zu machen. Es war außergewöhnlich, dass David bei Nacht und ohne Licht, mit seinem Rad unterwegs war. Er konnte sich nicht erklären, wo sich der Junge um diese Uhrzeit herumtrieb. Der Gottesdienst war seit Stunden beendet. David hatte keine Freunde im Dorf. Seine freien Nachmittage verbrachte er für gewöhnlich in seinem Zimmer und versank in die Welten seiner Bücher, die er in der Schulbibliothek auslieh.

Als Knirps wollte er alles begreifen und wissen, was die Erde im Innersten zusammenhält. Er fragte seinen Vater unentwegt Löcher in den Bauch: »Wieso dreht sich die Erdkugel? Warum fallen wir nicht ins Weltall? Weshalb fährt ein Traktor? Wo kommen wir hin, wenn wir einmal sterben?«

Jonathan wusste auf die bohrenden Fragen seines Sohnes bald keine befriedigenden Antworten mehr. Aus Scham und Hilflosigkeit reagierte er jeweils gereizt und schnauzte den Jungen an: »Frag nicht soviel dummes Zeug!«

Jonathan war ein Arbeiter, der mit seinen Händen zupacken konnte. Er konnte einen kaputten Motor reparieren oder das Schweißgerät bedienen. Er war froh, als er seinerzeit die Schulzeit hinter sich hatte. Literatur, Fremdsprachen oder philosophische Themen hatten ihn nie interessiert. Solche Themen stifteten seiner Meinung nach nur Verwirrung im Kopf.

Irgendwann war David verstummt. Sobald er als Sechsjähriger das Alphabet kannte, verschlang er zahllose Bücher. Er erhoffte sich, darin all die Erklärungen auf seine unstillbare Neugierde zu finden. Ihn faszinierten die frühen Entdecker und Eroberer und ihre Fahrten durch die Weltmeere. Später vertiefte er sich in Umweltthemen wie den Klimawandel oder den Plastikmüll in den Ozeanen und schließlich befasste er sich mit gesellschaftlichen Fragen der Mobilität und Energiegewinnung.

An irgendeiner Stelle auf diesem Weg hatten Jonathan und David sich aus den Augen verloren. Sein Junge zog sich von ihm zurück und kapselte sich in seiner eigenen Welt ab. Sie tauschten sich kaum noch miteinander aus, außer, um das Nötigste zu klären, damit Haus und Hof nicht komplett im Chaos versänken. Jonathan fragte sich öfters, ob er am Ende schuld war, dass sein Sohn sich von der realen Welt und den Menschen zurückzog und keine Freunde fand. Vielleicht hätte er sich nach Julias Tod mehr um ihn kümmern und ihm Halt geben sollen. Wie jedoch hätte er dies schaffen sollen? Er war selber mutterseelenalleine und untröstlich. Der Verlust seiner Frau hatte ihn tief hinab in den Mahlstrom aus Wut, Hilflosigkeit und Ohnmacht gezogen.

An die Trauerfeier erinnerte sich Jonathan nur schemenhaft. Menschen, die er flüchtig kannte, drückten ihm ihr Beileid aus. Der Pfarrer sprach von Sünden und Vergebung. Alles hohle Phrasen in Jonathans Ohren. Wie konnte dieser Pfaffe nachempfinden, welche Abgründe sich in Jonathan auftaten? Wie konnte ein gerechter, fürsorglicher Gott eine glückliche Familie durch solch unermessliches Leid bestrafen?

Die darauffolgenden Wochen vegetierte er in Trance dahin. Er versuchte zwar, seinen Tagesrhythmus aufrechtzuerhalten, stand morgens um fünf Uhr auf, fütterte seine Kühe mit Gras und molk sie. Anschließend fühlte er sich wieder erschöpft. Er schleppte sich zurück ins Bett, das nun zu breit und leer war und versank in einen oberflächlichen, unruhigen Schlaf. Die restliche Zeit des Tages lag er einfach da. Er hatte keine Lust, aufzustehen.

Hunger verspürte er kaum und kochen konnte er sowieso nicht. Das hatte früher seine Frau erledigt und sie hatte es mit Hingabe getan. David wollte er diese Aufgabe nicht aufbürden. Nach Julias Tod war er zu jung dafür.

So kam es, dass Jonathan, während der ersten Monate zehn Kilogramm abmagerte. Sein von der Arbeit muskulöser und braungebrannter Körper wurde ausgemergelt, die Hosen flatterten ums Gesäß und er musste sich mit der Lochzange zwei weitere Löcher in den Gurt stanzen. Zusehends dehnten sich die kahlen Stellen auf seinem Haupt aus und drängten die einstmals dichte, dunkle Haarpracht zurück. Seine Wangen waren eingefallen und seine grauen, unrasierten Bartstoppeln verstärkten den Eindruck eines müden, gebrochenen Menschen. Obwohl er erst 50-jährig war, sah er wie ein vorzeitig gealterter Mann aus.

Sieben Jahre waren seit dem Schicksalsschlag vergangen, trotzdem litt er jeden Tag höllische Qualen, die weder die Pillen des Arztes noch der Schnaps ausmerzten. Er war eindeutig schuldig an diesem schweren Autounfall, der seine lebenslustige Frau umgebracht und ihn zum Krüppel gemacht hatte. Dies wies man im Prozess vor Gericht nach.

Julia und er wollten an diesem Abend seit Langem wieder einmal zu zweit ausgehen. David durfte bei den Großeltern übernachten. Sie genossen die Zweisamkeit und Unbeschwertheit, aßen gediegen, tanzten und tranken Alkohol. Das dritte und vierte Glas Rotwein und den Verdauungsschnaps hätte er nicht mehr bestellen dürfen. Zudem war er übernächtigt. Vor dem Restaurant fand Julia, es wäre vernünftiger, für die Fahrt nach Hause sich ausnahmsweise ein Taxi zu gönnen und den eigenen Wagen am folgenden Tag abzuholen. Seine Sturheit und Knausrigkeit ließen dies nicht zu. Er fühle sich noch fit und nüchtern genug, meinte er kurz angebunden.

Der Prozess war für ihn die beschämendste Erfahrung seines Lebens. Julias Mutter musste während der Urteilsverkündung unentwegt schluchzen. Ihr Vater saß mit versteinerter Miene da und stierte einen imaginären Punkt vor sich auf dem Fußboden an. Aus dem Dorf waren zahlreiche Bekannte und Freunde erschienen, nicht um ihm beizustehen, sondern um zu erleben, wie ein sündiger und schuldiger Mensch seiner gerechten Strafe zugeführt würde.

Während der ersten Zeit nach dem Unfall hätte er alles dafür gegeben, an Julias Stelle auf dem Friedhof zu liegen. Voller Bitterkeit dachte er, dass er »Glück« gehabt hatte: Der entgegenkommende SUV hatte sich auf der Beifahrerseite ins Fahrzeug gebohrt. Rauch und Flammen schossen aus dem Motorraum und griffen in Windeseile auf ihren Wagen über. Jonathan schaffte es, trotz gequetschter Hüfte, rechtzeitig das Auto zu verlassen. Julia dagegen wurde zwischen Armaturenbrett und Sitz eingeklemmt und konnte dem lodernden Feuer nicht entkommen. Bei einem Wetterwechsel erinnerte ihn das kaputte Gelenk an diese Tragödie. Heute war ein solcher Tag. Er verspürte stechende Schmerzen in seiner Hüfte, hervorgerufen durch die feuchte Kälte, die durch alle Ritzen des Hauses kroch. Mit Sicherheit verstärkten sich die Beschwerden durch die Sorge um seinen Sohn.

Er hatte David vor einem Jahr an Weihnachten ein Mobiltelefon geschenkt. David hatte das Gerät mit einem zaghaften Lächeln entgegengenommen, ließ es aber seither für gewöhnlich im Zimmer liegen oder schaltete es aus Angst vor Strahlung, wie er betonte, aus. Jonathan versuchte dennoch, David zu erreichen. Es ertönte die anonyme Stimme einer Bandansage, die bat, es später nochmals zu versuchen, da der Angerufene nicht gestört werden wolle.

Inzwischen war es 20 Uhr. Der Nebel hatte sich wie eine undurchdringliche Wand vor dem Haus aufgetürmt und verschluckte alle Konturen der umliegenden Landschaft. Durch die Fensterscheibe las Jonathan auf dem Thermometer die Außentemperatur ab: Die Anzeige war auf -9°C gefallen. Er durfte nicht mehr zuwarten. Er musste David suchen. Sollte der Junge gestürzt sein und sich etwas gebrochen haben, hätte er bei diesen frostigen Temperaturen keine lange Überlebenschance. Er stieg in seine schweren, gefütterten Gummistiefel, zog den Wintermantel, die Handschuhe und die russische Fellmütze mit den Ohrenklappen über und packte die Taschenlampe auf der Ablage. Aus dem Schirmständer ergriff er seine Wanderstöcke, um seine Hüfte zu entlasten und im Dunkeln nicht zu straucheln. Dann trat er hinaus in die klirrende Kälte.

Hinter der Scheune stieg der Weg eine Anhöhe hinauf. Mit der Lampe leuchtete er den Pfad vor sich aus. Die Nebeltröpfchen reflektierten den Lichtstrahl jedoch so stark, dass er maximal eine Armlänge weit etwas zu erkennen vermochte. Zuerst standen die Tannen vereinzelt und ein wenig verloren. Je höher er aufstieg, desto dichter wurde die Vegetation, bis er von dunklem Wald umgeben war. Er wusste, dass David während seiner Kindheit hier oben oft herumgetollt war.

Angespannt versuchte er, die Dunkelheit zu durchdringen. Er richtete den Lichtkegel der Lampe auf beide Seiten des Kiesweges, strahlte durch kahle Büsche, hinter Baumstämme und Felsbrocken. Dabei rief er Davids Namen, zuerst verhalten dann immer gellender, in der Hoffnung, von irgendwoher aus dem Dunkeln eine Erwiderung zu erhalten. Sobald er verstummte, herrschte absolute Stille. Der Nebel verschluckte jedes Geräusch.

An klaren Tagen vernahm man das Knacken eines durch das Unterholz fliehenden Rehes, den Ruf eines Kauzes oder das Knarren von Zweigen, die durch den Wind aneinander geschabt wurden. Jetzt lag Totenstille über dem Forst.

Jonathan hielt sich rechts. Er umrundete die Findlinge, die nach dem Rückzug der Gletscher während der letzten Eiszeit hier abgelagert wurden, wich einem dichtstehenden Jungwuchs voller Rottannen aus und kehrte in einem weiten Bogen zurück auf den Forstweg. Trotz der winterlichen Kleidung fing er an zu frösteln. Er musste heim in die geheizte Stube. Er versuchte sich einzureden, dass David unterdessen sicher friedlich in seinem Bett läge, währenddessen er sich hier draußen eine Lungenentzündung holte.

4

Nach dem »Zwischenfall«, wie er die Übergriffe des Pastors nannte und sie dadurch von sich abspalten konnte, wollte David am liebsten alleine sein, um seinen Kopf zu lüften und seine konfusen Gedanken zu ordnen. Er holte sein Rad und trat mit aller Kraft in das Pedal.

Er fuhr in den Nachbarort, zweigte dort ab und strampelte über eine enge Straße den Berg in Schleifen hoch. Sein Ziel war das Tal auf der anderen Seite des Hügelzuges. Auf dem Bergkamm hielt er an. Sein Unterhemd klebte schweißnass am Rücken. In der Ebene lagen die Zwergenhäuser seines Dorfes. Über die Dorfstraße krochen Autos in Spielzeuggröße. Am Hang dahinter klebte einsam sein Elternhaus. Aus dem Schlot stieg eine Rauchsäule kerzengerade in den Himmel. Hinter dem Wohnhaus sah er die Scheune und den angelehnten Schuppen, in den sich sein Vater sicher wieder verkrochen hatte.

David drängte es nicht, zurück nach Hause zu radeln. Er hatte keine Lust, seinem frustrierten, resignierten Vater unter die Augen zu treten. Er mochte sich nicht seinen bohrenden Fragen aussetzen und seine endlosen Nörgeleien anhören. Er wollte nur seine Ruhe haben.

Auf der Rückseite des Hügels fegte er in einer rasanten Schussfahrt zu Tal. Die Kälte kroch langsam durch seine Kleiderschichten und ließ Hände und Füße taub werden. Unten angekommen, stieg er steif vom Rad und begann, Arme und Beine kräftig zu schütteln, um die Durchblutung wieder anzuregen.

Er musste dringend in eine warme Stube. Am Morgen hatte er vorsichtshalber eine Zehnfranken-Note von seinem Ersparten eingesteckt. Das gestattete es ihm nun, das Restaurant Sternen zu betreten, um sich dort aufzuwärmen.

Als David die Türe zur Gaststube aufstieß, richteten sich die Blicke der Gäste auf ihn, was ihn einschüchterte und linkisch werden ließ. Es war Mittagszeit und die Tische waren alle besetzt. Er spähte nach einer freien Sitzgelegenheit, entdeckte aber einzig einen unbesetzten Platz am Stammtisch. Um dorthin zu gelangen, musste er den ganzen Speisesaal durchqueren. Diese Vorstellung trieb ihm die Schamröte ins Gesicht.

Er fühlte sich wie damals beim Weihnachtsspiel in der zweiten Klasse, als er einen kurzen Auftritt in Form eines Hirten hatte. Dabei sollte er nicht einmal etwas vortragen. Nachdem er die Bühne betreten und sich alle Augenpaare auf ihn gerichtet hatten, wäre er am liebsten schnellstmöglich durch den Souffleurkasten wieder abgetaucht. Irgendwie gelang es ihm, seine Darbietung schadlos über die Runden zu bringen. Kurz vor Ende stolperte er aber noch über ein dämliches Stoffschaf, das jemand auf der Bühne vergessen hatte. Er knallte bäuchlings auf die Bretter und der ganze Saal amüsierte sich.

Jetzt konzentrierte er sich auf den Stammtisch, schaute weder rechts noch links und schaffte es, den Raum zu durchqueren, ohne über einen Stuhl zu stolpern oder ein Tischtuch hinunter zu reißen.

Er trat zu den vier älteren Männern, die ein Bier oder ein Glas Wein in den Händen hielten. Er fragte artig, ob bei ihnen ein Platz frei sei. Alle nickten und hoben gleichzeitig ihre Gläser, die bei Davids Erscheinen in der Luft festgefroren waren, an ihre Lippen. Er setzte sich mit dem Rücken zu den anderen Gästen an den runden Tisch und bestellte eine warme Schokolade sowie eine Nussstange gegen den gröbsten Hunger.

Die Männer nahmen den Gesprächsfaden wieder auf. David fühlte sich als Störenfried in dieser Runde. Er blickte vermeintlich gelangweilt zum Fenster hinaus, damit die vier nicht den Eindruck hätten, er belausche sie. Verstohlen richtete er seine Aufmerksamkeit auf deren Gespräch. Sie waren in eine hitzige Diskussion verstrickt.

Derjenige rechts von David, ein hagerer, sonderbarer Kauz mit Hakennase hob mit einer Bassstimme an: »Die Jungen haben heutzutage nurmehr Flausen im Kopf. Wir mussten unsere Freiheit noch erkämpfen. Sie können sich ins gemachte Nest setzen!«

Mit bedächtiger Stimme entgegnete ihm ein Herr mit grau meliertem Haar und Vollbart auf der gegenüberliegenden Seite: »Hans, du weißt, dass dies nicht wahr ist. Die Jungen haben heute sicher mehr Geld und Wahlmöglichkeiten als wir hatten. Diese Fülle an Entscheidungen macht es ihnen deswegen nicht leichter.«

Derjenige, der Hans hieß, schnaufte verächtlich: »Ich musste barfuß drei Kilometer bei Wind und Regen zur Schule marschieren. Heute werden die verwöhnten Bengel mit dem SUV vors Schulhaus gekarrt.«

»Ja, dein Vater versoff lieber seinen kargen Lohn, als euch Buben Schuhe zu kaufen«, giftete der Bärtige zurück.

Die anderen beiden Männer saßen stumm dazwischen und schauten den Streithähnen wie bei einem Tennismatch zu. Anscheinend hatten sich die Widersacher bereits länger beharkt. David fühlte sich unbehaglich, ging es bei dieser Streiterei doch um Jugendliche wie ihn.

Plötzlich stand Hans abrupt auf. Sein halbvolles Bierglas kippte um, zerschellte und der Gerstensaft

34

ergoss sich über den Holztisch. »Das muss ich mir von einem Dahergelaufenen wie dir nicht an den Kopf werfen lassen« zeterte er so laut, dass alle Gäste neugierig Richtung Stammtisch schauten. Herrisch rief er: »Zahlen!«, kramte aus seinem Geldbeutel einen Geldschein, schmiss ihn auf den Tisch und verließ die Gaststätte ohne Verabschiedung mit polternden Schritten.

Die drei anderen saßen fassungslos und stumm da. Als die Bedienung mit dem Putzlappen und dem prallen Portemonnaie erschien, verlangten auch sie die Rechnung. Sie nickten David zu und verließen das Restaurant. David sass alleine vor seiner erkalteten Schokolade. In winzigen Schlucken nippte er daran, um möglichst lange in der behaglich warmen Stube sitzen zu können. Er war erleichtert, als die Männer fort waren und er die große Tafel für sich hatte.

Die meisten Gäste hatten das Essen beendet und tranken einen Kaffee. Nach und nach leerten sich die Tische. David entdeckte einen Zeitungsständer. Darin steckten der Amtsanzeiger und die Basler Zeitung vom Vortag. Er griff nach beiden Blättern und begann sie zu lesen. Jedenfalls tat er so, als sei er in die Zeitungslektüre vertieft, damit niemand auf die Idee käme, zu fragen, was ein minderjähriger Junge sonntags alleine in einem Restaurant verloren habe.

Er überflog die Schlagzeilen: »Barack Obama zum 44. US-Präsidenten vereidigt«, was David freute. Er hatte sich bisher nicht mit Politik befasst. In der Schule hatten sie die Wahl dieses ersten afroamerikanischen Präsidenten behandelt. Die Lehrerin hatte gemeint, sie erhoffe sich eine Öffnung Amerikas gegenüber schwächer entwickelten Ländern.

Er las weiter, dass der Ölpreis infolge der globalen Finanzkrise auf 33 Dollar pro Barrel, dem tiefsten Stand seit fünf Jahren, gefallen sei. Diese Nachricht entmutigte ihn. Er malte sich aus, die Autofahrer würden durch die günstigeren Benzinpreise längere Strecken zurücklegen, was wiederum der Umwelt schadete. David war überzeugt, dass Autos eine Plage für die Menschheit seien. Fahrzeuge verstopften die Innenstädte, machten sie unbewohnbar, verpesteten die Luft und waren verantwortlich, dass Menschen verunglückten oder getötet wurden. Wie damals seine Mutter.

Unterdessen war die Gaststätte verwaist. Die Servicekraft, eine ältere Frau, übergewichtig, mit einem Doppelkinn und einer griechischen Nase, räumte hinter dem Tresen die Spülmaschine leer. Sie füllte die Bierflaschen, die sie schwer atmend in einem Kasten aus dem Keller hochgeschleppt hatte, in den Kühlschrank und wischte die Brosamen unter einem Tisch zusammen. Ab und zu warf sie verstohlen einen Blick zum einzig übriggebliebenen Gast, der etwas zu jung und verloren am ausladenden Stammtisch sass und alle Zeit dieser Welt zu haben schien. David war in einen Artikel über die dramatische Flugzeug-Notlandung eines Kapitäns Sullenberger auf dem Hudson-River in New York vertieft, als die Frau sich wie eine Wand vor ihm aufbaute.

»Möchtest du noch etwas trinken?«, meinte sie mit ihrer rauen Stimme. »Ich gehe in meine Pause und dann wärst du mutterseelenalleine im Restaurant.«

»Nein, ich brauche nichts mehr«, entgegnete David kleinlaut. »Ich werde mich dann mal verziehen«.

Er erhob sich und zog hastig seine Jacke, Handschuhe und Mütze an. Er drehte sich weg und war schon unter der Türe.

Die Frau rief ihm hinterher: »Wie wär's mit Bezahlen, junger Mann? Du siehst nicht aus wie ein Zechpreller.«

David spürte, wie ihm die Röte in den Kopf schoss und die Ohren glühten. Dieser Lapsus war ihm peinlich.

»Entschuldigung«, murmelte er, kramte mit zittrigen Fingern seinen Geldbeutel aus der Gesäßtasche und streckte der Frau die 10er-Note hin.

Die Frau schüttelte ihren Kopf derart heftig, dass die Hautfalten unterm Kinn zu tanzen und der monströse Busen zu beben begann.

Sie prustete los: »Junge, lass dein sauer verdientes Geld stecken. Du siehst nicht wie ein Krösus aus.«

David kam ein dürres »Danke« über seine Lippen.

»Was hat ein junger Bursche wie du an einem Sonntagnachmittag in einer Kneipe verloren?«, bohrte sie nach. »Du solltest eher zu Hause oder mit deinen Freunden unterwegs sein.«

David trat nervös von einem Fuß auf den anderen. Am liebsten wäre er rasch verschwunden, um sich nicht diesem Verhör auszusetzen. Die Frau strahlte aber etwas Resolutes und gleichzeitig Warmherziges aus, das ihn in der Gaststube festhielt. »Ich habe hier auf einen Kollegen gewartet, mit dem ich verabredet war«, log er, in der Hoffnung, die Frau werde nicht nachhaken. Sie wog ihren Kopf hin und her und zog die Schultern hoch. David erkannte, dass sie ihm nicht glaubte.

»Hast du Hunger?«

David knurrte der Magen. Die Nussstange war bereits verdaut und ohne eine ordentliche Mahlzeit würde er mit seinem Rad kaum die Rückfahrt über den Berg schaffen. Er nickte.

»Ich werde deinen Tisch abräumen. Dann lade ich dich, falls du magst, zu mir nach Hause ein. Dort koche ich dir Spaghetti Napoli mit meiner speziellen Salsa alla nonna. Wie klingt das?« Sie schaute ihn fragend an, die Hände in die Hüften gestemmt.

David hatte keine Ahnung, was eine »Salsa alla nonna« sein sollte. Beim Gedanken an einen Teller Spaghetti begann jedoch sein Bauch zu rumoren und sein Mund füllte sich mit Speichel. Er wurde wieder

Herr seiner Sinne und konnte endlich einen klaren Satz formulieren: »Das tönt sehr lecker. Ich habe einen Bärenhunger.«

»Ich heiße Susanne«, meinte die Frau, als sie beide ins Auto stiegen und streckte David ihre fleischige Hand entgegen. Susanne fuhr zügig durchs Dorf. Mit den Verkehrsregeln nahm sie es nicht genau: Bei einem Stoppschild verlangsamte sie kurz, um dann rasch wieder zu beschleunigen. Als sich ein Kastenwagen von rechts näherte, schnitt sie ihm den Weg ab, worauf der Fahrer hupte und wild gestikulierte. Susanne zeigte ihm den Vogel. David war erleichtert, als sie abrupt, mit quietschenden Reifen, vor einem gedrungenen, leuchtend gelben Häuschen am anderen Ende des Dorfes stoppte. Mit einer ausladenden Armbewegung Richtung Haus meinte sie: »Da wären wir. Klein, jedoch mein.«

David war erstaunt, dass die beleibte Frau überhaupt durch die schmale Haustüre passte. Damit er in die Küche gelangte, musste er sich einen Weg um einen Schirmständer mit zehn Regenschirmen, Schuhen, die verstreut auf dem Boden lagen und einem Katzenteller bahnen.

Die winzige Küche strahlte rustikale Gemütlichkeit aus. Die Wände und die Decke waren getäfelt, die Fronten der Küchenmöbel aus Eichenholz und die Ablagen überstellt mit glitzernden Schneekugeln und

Kerzenständern. Alles wirkte aufgeräumt und an der richtigen Position.

Susanne bot David einen Platz auf der Eckbank an. Sie begann behände, Zwiebeln und Knoblauch zu schneiden, in Butter anzudünsten, mit Rotwein abzulöschen, so dass es wie in einer Waschküche zu dampfen anfing. Unterdessen brodelte das Spaghetti Wasser. Sie rieb Parmesan und schüttete ihn zur Sauce. Danach hackte sie Basilikum klein. David konnte sich kaum sattsehen an ihren geschmeidigen Bewegungen, die er ihr bei ihrer Leibesfülle nie zugetraut hätte. In der Küche breitete sich ein betörender Duft aus. In David stiegen Bilder von langen Sandstränden und Palmen aus seinem Italienurlaub in Rimini hoch, den er vor Jahren mit seinem Vater verbringen durfte.

David schlang die Teigwaren hinunter. Er vergaß seine gute Kinderstube. Susanne schilderte ihm, wie sie das Häuschen nach dem Tode ihrer Eltern übernommen hatte. Ihr Bruder habe daran kein Interesse gehabt. Er besitze das Gasthaus, in dem David heute gewesen sei. Sie habe früher 40 Jahre lang als Grundschullehrerin in diesem Dorf unterrichtet. Seit zwei Jahren sei sie pensioniert und helfe gelegentlich an Feiertagen oder Familienfesten aus. So komme sie noch unter die Leute. Sie kenne fast alle Gäste, die dort ein- und ausgingen. Die meisten seien zu ihr in die Schule gegangen. So plätscherte ihr Monolog dahin und David genoss es, ihr zuzuhören und nichts erwidern zu müssen. Er konnte sich nicht erinnern, je eine köstlichere Spaghetti-Sauce gegessen zu haben.

Susanne strahlte ihn an und schöpfte ihm zum dritten Mal. »Du scheinst länger nichts Richtiges mehr zwischen die Zähne bekommen zu haben. Kocht ihr zu Hause denn nicht?«

»Mein Vater kann nicht kochen und ich habe neben der Schule kaum Zeit dazu«, entgegnete David. »Abends, wenn der Vater aus dem Stall kommt, essen wir für gewöhnlich Brot, Wurst und Käse, falls der Kühlschrank nicht leergefegt ist. Oder ich koche einen Topf Teigwaren, aber ohne eine solch leckere Soße, wie deine.«

»Und deine Mutter, kocht sie nicht gerne?«

»Meine Mutter arbeitet auswärts, und hat keine Zeit«, log David.

Susannes Frage nach Davids Mutter traf ihn und ließ schlagartig etwas vom nachmittäglichen Glanz in ihm erlöschen.

Susanne räumte wortlos seinen Teller in die Spülmaschine. Aus dem Kühlschrank holte sie einen selbstgemachten Vanillepudding, den sie vor David hinstellte. »Den packst du sicher noch«, meinte sie versöhnlich. Sie hatte bemerkt, dass sie bei dem Jungen einen wunden Punkt berührt hatte. David hatte drei gehäufte Teller Spaghetti verschlungen. Beim

15-jährigen Teenager im Wachstum verschwand jedoch diese Süßspeise im Nu in den Tiefen seiner Eingeweide.

Vor dem Küchenfenster waren die Straßenlaternen angezündet worden. Sie strahlten milchig durch den aufziehenden Nebel. David sah aufs Handy und stellte fest, dass ihn sein Vater mehrmals zu erreichen versucht hatte.

»Ich muss los«, sagte er. Er hatte eine einstündige Rückfahrt mit dem Rad vor sich. Und es war finster, neblig und eiskalt.

Besorgt meinte Susanne: »Bei diesen Verhältnissen lasse ich dich nicht mit dem Fahrrad fahren. Das ist zu gefährlich. So sieht dich kein Autofahrer. Ich werde es ins Auto laden und dich nach Hause bringen.«

David leistete keinen Widerstand. Er war erleichtert, dass er bei diesem Sauwetter nicht mehr strampeln musste.

Auf der Fahrt schaltete Susanne das Radio ein. David genoss die Ablenkung. Er konnte seinen Gedanken nachhängen und brauchte sich nicht zu unterhalten. Ein Musikstück, das aus dem Lautsprecher drang, weckte sein Interesse, nahm ihn gefangen und wühlte ihn auf. Er kannte die Sängerin mit der sonoren Stimme nicht. Sein Vater hatte dieses Lied gelegentlich zu Hause abgespielt. Verschämt wischte David sich die Tränen, die einzeln über seine Wangen kullerten, weg. Er bemühte sich, an etwas Lustiges aus der Schule zu denken, was ihm misslang. Schließlich brachen die Tränen hemmungslos aus ihm heraus. Er schluchzte und bebte am ganzen Körper. Susanne fuhr rechts ran und schaltete den Motor aus. Sie wandte ihr Gesicht David zu und ohne etwas zu sagen, strich sie ihm sanft über seine Wangen. Sie beugte sich zu ihm hinüber, nahm ihn in ihre Arme und drückte ihn an ihren molligen, warmen Körper. David klammerte sich an ihr fest wie ein Ertrinkender an einem Felsen.

»Ich habe gar keine Mutter mehr«, brach es mit tränenerstickter Stimme aus ihm heraus. »Alles war erstunken und erlogen! Sie kam bei einem Autounfall ums Leben, als ich achtjährig war. Mein Vater war schuld. Er hatte sich betrunken, verlor auf der nassen Fahrbahn die Kontrolle über seinen Wagen und schleuderte frontal in einen entgegenkommenden SUV. Er hatte sich lediglich an der Hüfte verletzt, sie verstarb noch auf der Unfallstelle.«

David schnappte nach Luft. »Ich erinnere mich kaum mehr an sie. Mein Vater erzählte mir, dass sie wunderbar kochen konnte. Ich entsinne mich bloß an ihre hausgemachten Ravioli, die ich über alles liebte. Ein Foto ist mir geblieben, auf dem ich bei ihr auf dem Schoss sitze, sie mich in ihren Armen hält und selig anlächelt.«Susanne reichte David ein Taschentuch.

»Das Gericht verurteilte Vater zu einer bedingten Gefängnisstrafe. Seither ist er ein seelenloser Zombie, der in seiner eigenen, abgekapselten Welt dahinvegetiert. Er meidet den Kontakt zu den Menschen im Dorf, erledigt nur das Allernötigste. Ich versuche, ihm aus dem Weg zu gehen. Falls er mir begegnet, nörgelt er wegen Nichtigkeiten an mir rum. Und wenn er besoffen ist, bekomme ich obendrauf eine Tracht Prügel. Ich hasse ihn aus tiefstem Herzen dafür, dass er mir meine Mutter entrissen hat. Ich warte sehnlichst auf den Moment, nach der Schulzeit von ihm weg, nach Basel zu ziehen.«

David hatte jede Silbe zwischen den Zähnen hervorgepresst. Seit Jahren hatte er nicht mehr so viel gesprochen. Susanne hatte ihm die ganze Zeit gelauscht, ohne ihn zu unterbrechen. Wie eine fürsorgliche Mutter streichelte sie ihm dabei über sein dunkles Haar.

Sie saßen eine halbe Stunde reglos und umschlungen auf den Vordersitzen. Ab und zu tauchte ein Auto auf, verlangsamte die Fahrt und erhellte kurz die Szenerie. Dann wurde der Wagen wieder von der Nacht und dem dichten Nebel verschlungen. Ein zufällig vorbeikommender Spaziergänger, den es aber nicht auf diese abgeschiedene Landstraße verschlug, hätte vermuten können, ein ungleiches Liebespaar vor sich zu haben. David beruhigte sich allmählich. Er holte tief Luft und stieß sie schnaubend aus. Die

Scheiben beschlugen sich und hielten die Finsternis draußen.

David hatte seine unterdrückten Gefühle aus Hilflosigkeit und Ohnmacht, die sich in ihm all die Jahre angestaut hatten, aus dem Zwinger befreit. Die Last, die seit langem auf seine Brust drückte und ihn am Atmen hinderte, war verschwunden. Obwohl er diese Frau erst wenige Stunden kannte, hatte er ihr seine verborgensten Empfindungen anvertraut. Und sie schien Verständnis zu haben.

5

Es waren Davids letzte Wochen in der Dorfschule. Nach den Sommerferien würde für ihn ein neuer Lebensabschnitt in der großen, fernen, fremden Stadt Basel starten. Er hatte als einziger Schüler seiner Klasse den Sprung ins Gymnasium geschafft, obwohl der Klassenlehrer ihm die Empfehlung für den Übertritt verweigert hatte.

Beim Elterngespräch, an dem David mit seinem Vater teilnahm, hatte der Lehrer kategorisch erklärt: »David, du bist ein Träumer, der nicht fürs Gymnasium geschaffen ist. An den Kenntnissen und schulischen Leistungen fehlt es dir nicht. Du lebst einfach auf einem anderen Planeten. Ich kann mir nicht erklären, wo du jeweils in Gedanken weilst. Dir mangelt es ebenso am sozialen Gespür. Du bist kein Teamplayer. Eigenbrötler haben an dieser weiterführenden Schule nichts zu suchen.«

David wollte seinem Lehrer beweisen, dass er es schaffen konnte. Er wollte es allen zeigen, die auf ihm herumhackten und ihn nicht für voll nahmen. Er bestand schließlich die Prüfung mit Bestnoten.

Seit er den Sprung ins Gymnasium geschafft und sich dies in der Schule herumgesprochen hatte, war er verstärkt zur Zielscheibe einiger Mitschüler geworden. Bereits früher ließen sie ihre Gemeinheiten an ihm aus und piesackten ihn auf dem Pausenhof, sobald die Lehrkräfte, die Pausenaufsicht hatten und ihre Runden drehten, aus dem Blickfeld verschwunden waren.

Till, Klassenkamerad und Rädelsführer einer Gruppe von Schülern, tat sich dabei mit seinen Hinterfotzigkeiten besonders hervor. Wenn der Klassenlehrer David im Unterricht aus seinen Tagträumen hochschreckte und ihn rügte, echote es aus Tills Ecke: »Unser Bauerntrampel träumt wieder von seinen Kühen. Der heiratet sicher einmal seine Alma.« Seine Lakaien grölten los.

Das Morgenritual bestand darin, dass Till mit seinen Kumpanen David umringte und ihn im Kreis drehte, bis ihm schwindlig wurde, er torkelte und hinfiel. Wenn David an seinem Pult saß, schlich sich jemand aus der Bande hinter ihn und rubbelte beidhändig seine Ohren, bis diese glühten und schmerzten.

David ließ diese Attacken und Erniedrigungen klaglos über sich ergehen. Er war ihnen hilflos ausgeliefert und hatte keine Rezepte dagegen. Einmal deutete er dem Klassenlehrer an, welche Torturen er täglich erdulden musste und wie er darunter zu leiden hatte. Der Lehrer wich ihm aus und meinte lakonisch, er solle sich eben wehren. Wehren? Wie sollte er das schaffen? Er überragte Till zwar um einen halben Kopf. Dieser dagegen war muskulös und wieselflink. Obendrein war er mit allen Wassern gewaschen, verschlagen und schreckte vor keiner Grausamkeit zurück. Und er hatte zahlreiche Lakaien, die er entweder durch Schmeicheleien oder Druck gefügig machte. David wusste, dass er bei Gegenwehr doppelt an die Kasse käme. Er sah keinen Ausweg aus dieser Klemme. Er konnte einzig versuchen, den Peinigern aus dem Weg zu gehen.

Nach dem Unterricht versteckte er sich im Mädchen-WC und harrte auf der Kloschüssel stehend aus, bis es in den Gängen still war. Eine andere Strategie bestand darin, als Erster aus dem Zimmer zu rennen, sein Fahrrad zu ergreifen und mit aller Kraft in die Pedale zu treten, um sich einen genügenden Vorsprung zu verschaffen.

Dieser Spießrutenlauf gelang nicht jederzeit. Wenn er Pech hatte, wartete Till schon hinter einer Hecke ein paar Straßen weiter auf ihn. Dort war eine enge Stelle und David musste seine Fahrt verlangsamen. Till tauchte wie durch Zauberhand mit seinen Kumpanen, von denen er jeweils mindestens zwei im Schlepptau hatte, mitten auf dem Weg auf, pflanzte sich breitbeinig vor ihm auf und versperrte die Weiterfahrt. Dabei grinste er hämisch und zwang ihn, vom Rad zu steigen. In aller Regel setzte es ein paar Hiebe.

Wenn Till einen miesen Tag hatte, musste überdies Davids Rad dran glauben.

Mit Wucht trat Till gegen den Rahmen und die Räder und höhnte: »Schau dir diesen alten Klepper an. Dieses Gefährt gehört auf den Sperrmüll.«

Seine Spießgesellen grölten schadenfreudig. Falls Till echt fies drauf war, öffnete er die Ventile an den Schläuchen und ließ die Luft raus. Das bedeutete für David, die drei Kilometer nach Hause zu Fuß zu gehen und das Rad neben sich her zu schieben. Dadurch kam er am Nachmittag zu spät zur Schule und kassierte zusätzlich einen Rüffel des Lehrers.

Am Mittwoch der drittletzten Schulwoche saß David in der großen Pause im Schulhof auf dem Brunnenrand. Er war, wie oft, alleine, was ihn nicht weiter störte. So vermochte er in Ruhe einen Apfel zu verdrücken und seinen Gedanken nachzuhängen.

Er bekam nicht mit, wie Till sich rückseitig an ihn heranschlich und ihm mit einem gezielten Faustschlag den angebissenen Apfel aus der Hand schlug. Dieser landete im Brunnen. David kniete auf den Beckenrand, reckte sich, um die schwimmende Frucht herauszufischen. Till pflanzte sich hinter David auf. Seine Kameraden, die unterdessen einen Halbkreis um die beiden gebildet hatten, in der Annahme, es gäbe ein elektrisierendes Schauspiel zu bewundern, signalisierten Till, er solle David einen Stoß versetzen. Till, der keine Skrupel kannte, kickte mit dem rechten Fuß gegen Davids Hintern. David ruderte mit den Armen in der Luft, verlor sein Gleichgewicht und tauchte kopfüber in den Brunnen, wobei er sein Nasenbein auf der Betonkante aufschlug.

Unter Wasser verlor David kurzzeitig die Orientierung. Er griff panisch nach dem Brunnenrohr, um sich daran hochzuziehen. Triefend vor Nässe kletterte er aus dem Trog. Aus seiner Nase rann Blut, tropfte auf sein klatschnasses T-Shirt und zeichnete darauf ein unregelmäßiges Muster. David stierte in die betretenen Gesichter seiner Mitschüler. Mitten unter ihnen erspähte er Till, der diabolisch grinste.

Dann hatte er einen Filmriss. Ein Klassenkamerad beschrieb ihm später, wie er mit einem gewaltigen Satz, der eher an eine Raubkatze als an einen Menschen erinnerte, auf Till zuschoss und ihn im Flug zu Boden riss. Till schlug hart auf dem Asphalt auf. David umklammerte mit seiner rechten Armbeuge Tills Hals, fixierte ihn wie in einem Schraubstock und drückte zu. Till versuchte, sich wie eine Schlange windend, aus der Umklammerung zu befreien. Aber David entwickelte Kräfte, die ihm niemand der Umstehenden zugetraut hätte. Er lag obenauf und presste Till mit aller Gewalt auf den harten Belag.

Wie ein Besessener schrie er wiederholt mit überschlagender Stimme: »Du verdammtes Schwein! Du wirst mich nie wieder in meinem Leben anfassen, sonst bringe ich dich um!«

Dabei donnerte er ihm mehrmals die geballte Faust ins Gesicht. Man vermochte nicht mehr zu sagen, ob das Blut, das über das Pflaster rann und es dunkelrot einfärbte, aus Davids gebrochener Nase, seinen aufgeschrammten Händen oder Tills ausgeschlagenen Schneidezähnen stammte.

Zwei Schülerinnen, Zeuginnen des brutalen, ungleichen Kampfes, fingen an zu kreischen. Keiner der Umstehenden wagte es jedoch, David in den Arm zu fallen. Zu heftig war die Angst, selber Opfer seiner Raserei zu werden.

Drei Lehrer, alarmiert durch Schüler, eilten im Laufschritt gleichzeitig aus verschiedenen Richtungen herbei. Gemeinsam schafften sie es, David von Till runter zu zerren und zu fixieren. David schlug wie ein Berserker um sich und schrie unentwegt, er werde Till kalt machen. Der kräftigste der Lehrer, ein Schrank von einem Mann, der als Gewichtheber durchgegangen wäre, hielt David fünf Minuten lang von hinten umklammert. Nach und nach bröckelte Davids Widerstand und seine Muskeln erschlafften. Seine Hasstiraden verstummten. Am Schluss hing er wie ein schlaffer Sack in den Armen des Lehrers.

Die Gaffer hatten sich unterdessen davongeschlichen. Die Show war vorbei. Till kauerte am Boden. Er heulte vor Schmerzen, Ohnmacht und Empörung. Eine Lehrkraft hatte einen Erste-Hilfe-Koffer aufgetrieben und versorgte notdürftig Tills Gesichtsverletzungen. Er sah übel zugerichtet aus. Aus dem Mundwinkel sabberte eine Brühe aus Blut und Speichel. Über dem rechten Auge klaffte eine fünf Zentimeter lange Schramme, das linke Lid schwoll rasch zu und schillerte in den Regenbogenfarben. Die Haare standen in alle Richtungen ab und waren durch Schweiß und Blut verklebt. Sein T-Shirt und seine Hosen waren zerfetzt und voller Matsch. Seine beiden ausgeschlagenen Zähne lagen blutverschmiert wie Hinkelsteine auf einem Taschentuch auf dem Brunnenrand. Womöglich würde es ein Zahnarzt schaffen, sie wiedereinzusetzen.

David hatte sich seinen Abschluss an der Schule anders vorgestellt. Er hatte gehofft, ohne Aufsehen, die belastende Schulzeit zu überstehen. Die letzten Tage wurden für ihn zum Martyrium. Mehr als sonst, machten die Mitschüler einen Bogen um ihn. Hinter seinem Rücken tuschelten sie und machten Faxen. Entweder fürchteten sie sich nach seinem Ausbruch vor ihm oder verachteten ihn für seine Tat. Hielten sie ihn früher für einen wunderlichen Kauz, behandelten sie ihn nun wie einen Aussätzigen. Das einzig Positive war, dass Till und seine Schergen ihn ab sofort in Frieden ließen. David vermeinte, bei aller Feindseligkeit, einen gewissen Grad an Anerkennung und Respekt für seine Unerschrockenheit zu verspüren. Dies gab ihm ein Stück seiner verlorenen Selbstachtung zurück.

Der Klassenlehrer hatte nach dem Zwischenfall Davids Vater informiert. Beide wurden zu einem Gespräch in die Schule zitiert. Im Klassenraum saßen, im Halbkreis aufgereiht, der Schulpflegepräsident, die Schulleiterin, der Klassenlehrer sowie zwei Fachlehrerinnen. David kam sich vor wie vor einem Tribunal.

Die Schulleiterin, eine Frau mit weißen Haaren und roter Strähne, die kurz vor ihrer Pensionierung stand, fixierte David über den Rand ihrer schwarzen Hornbrille scharf. Nachdem sie alle Anwesenden mit Namen und Funktion vorgestellt hatte, wandte sie sich an David: »Du weißt bestimmt, weshalb wir heute Abend hier zusammengekommen sind?«

David vermochte nicht zu erkennen, ob dies eine Frage oder eine Feststellung war und er darauf etwas entgegnen sollte. Er nickte zögerlich.

Die Leiterin konterte mit einer Stimme wie poliertem Stahl: »Falls dies ein Ja sein sollte, möchten wir das auch vernehmen.«

David sank auf seinem Stuhl zusammen. »Ich denke, es geht um die Balgerei mit Till.«

Die Schulleiterin schüttelte energisch den Kopf: »Ich muss widersprechen. Das war keine Balgerei. Das ist eine gewaltige Verharmlosung. Du führtest einen veritablen Prügelexzess durch!«

Rundherum gab es zustimmendes Nicken.

»Du hast den bedauernswerten Till halbtot geschlagen. Er liegt mit einer Gehirnerschütterung und einer

Platzwunde überm Auge im Bett. Du kannst von Glück sagen, hat er sein Augenlicht nicht verloren. Zugleich hast du ihm seine beiden Schneidezähne ausgeschlagen. Ob er diese je wieder gebrauchen kann, wissen die Götter.«

David rutschte beschämt auf dem für ihn zu niedrigen Stuhl hin und her. Ihm war, als würde er gehäutet. Er wagte nicht, seinen Vater anzusehen. Er ahnte, dass in ihm Groll und Verbitterung über seinen Sohn hochkochte. Widerspruch gegen die an ihn gerichteten Vorwürfe war zwecklos. Der »Gerichtshof« hatte sein Urteil gefällt. Alle Anwesenden schienen sich einig: Er war der alleinige Verantwortliche in diesem Drama. Er war der Übeltäter, der sich grundlos in diese Raserei hineingesteigert hatte. Niemand ergriff für ihn Partei. Sein Klassenlehrer hätte womöglich ein gutes Wort für ihn einlegen können. Er war der Einzige, der über die zahlreich erlittenen Peinigungen, die David widerfuhren, Bescheid wusste. Er blieb stumm und schaute teilnahmslos zum Fenster hinaus.

»Streng genommen müssten wir die Jugendfachstelle einschalten«, fuhr die Schulleiterin eisig fort. »Da du, Gott sei Dank, nur noch kurze Zeit an unserer Schule weilst, sehen wir davon ab. Ob Tills Eltern eine Anzeige wegen Körperverletzung gegen dich erstatten, liegt in deren Ermessen. Zweifelsohne gibt es versicherungstechnisch ein Nachspiel. Wir erwarten von dir, dass du dich bei Till in aller Form entschuldigst.«

Und an Davids Vater gewandt ergänzte sie: »Wir befürchten, ihr Sohn leidet unter gravierenden psychischen Problemen, die man angehen muss. Wir raten ihnen, David an eine psychologische Fachstelle anzumelden und ihn therapeutisch begleiten zu lassen. Wir sind der Meinung, dass sie beide mit diesen Schwierigkeiten nicht alleine fertig werden.«

Sie schaute respektheischend in die Runde. Erneut nickten alle.

Sie holte zum letzten, vernichtenden Schlag aus: »Du stellst eine Gefahr für das friedvolle, solidarische Zusammenleben in diesem Schulhaus dar. Das können wir nicht mehr verantworten. Für Jugendliche wie dich, haben wir keinen Platz. Deshalb wirst du ab sofort von der Schule verwiesen und musst noch heute dein Pult räumen.«

Zweiter Teil

6

David war mit dem Tram auf dem Nachhauseweg. Heute Nachmittag fand keine Vorlesung an der psychologischen Fakultät statt. Somit hatte er genügend Zeit, beim Bahnhof auszusteigen und im Coop Lebensmittel einzukaufen. David wohnte seit ein paar Monaten mit Tom Burckhardt, seinem Freund aus dem Gymnasium, in einer Wohngemeinschaft. Sie hatten sich auf eine 3-Zimmer-Wohnung am Stadtrand, in einem seelenlosen Mehrfamilienhaus aus den 50er Jahren beworben und unter 100 Bewerbern den Zuschlag erhalten.

Die Hausfront erschien anonym und abweisend. Das sechsstöckige Gebäude war in die Jahre gekommen und ein neuer Anstrich war überfällig. Die lindgrüne Fassade blätterte auf der Wetterseite an zahlreichen Stellen ab. Die Fensterrahmen waren abgeschossen und undicht. Bei Wind flackerten die

Kerzen auf dem Fensterbrett in der Stube. Die Bewohner waren entweder betagt und hausten seit Bestehen der Immobilie hier oder waren Zuwanderer, die froh um den preiswerten Wohnraum waren.

Die Wohnung hatte den Vorteil, dass sich die Tramhaltestelle direkt vor der Haustüre befand. Bis zur Uni benötigte David 20 Minuten, was in der durch den Pendlerverkehr notorisch verstopften Stadt eine gute Zeit war.

Auf der Rückseite des Gebäudes ging der Blick auf eine Wiese und dahinter zum Waldrand. David schätzte die unverbaute Aussicht in die Natur. Gerne stand er am Fenster oder auf dem winzigen Balkon und schaute gedankenverloren ins Grüne. So oft es ihm sein Zeitplan erlaubte, hielt er sich im angrenzenden Wald auf. Er genoss die Annehmlichkeiten der Stadt, war tief in seiner Seele trotzdem ein Naturbursche geblieben.

Ein weiterer Pluspunkt dieser Wohnung war, dass sie eine geringe Miete bezahlten. Küche und Bad waren in den 70er Jahren letztmals saniert worden. Die orangen Keramikplatten an den Wänden und die Küchenfronten mit den aufgeklebten Folien im Holzdesign waren derart aus der Zeit gefallen, dass sie wieder kultig wirkten. In der engen Küche gab es keinen Geschirrspüler und beim Kochherd der Marke AEG funktionierten nur zwei der vier Herdplatten. Im fensterlosen Badezimmer war nachträglich eine

Duschkabine aus Plexiglas in eine Ecke montiert worden. Da der Dampfabzug altersschwach war und hustete, hatte sich an der Decke Schimmelpilz gebildet. Das Waschbecken, das ursprünglich weiß war, hatte auf der Innenseite eine uringelbe Patina angenommen.

Für die beiden Burschen, die finanziell von ihren Eltern abhängig waren, war diese Wohnung ein Glückstreffer. Mit wenig Barem in der Tasche, jedoch Liebe fürs Detail, hatten sie ihre Bleibe behaglich eingerichtet. In der Stube stand ein Eichentisch aus dem Secondhandshop, mit verschiedenen Kerzenständern drauf. Auf dem schwarzen Ledersofa waren zahlreiche Zierkissen in blaugrünen Farbtönen drapiert. Ein hochfloriger Wollteppich deckte den abgenutzten Klötzli-Parkett zur Hälfte ab. Gerahmte Kunstdrucke von Macke und Rothko verliehen dem Raum Lebendigkeit und Wärme.

Pünktlich gegen Ende jeden Monats überwies Davids Vater einen zwar nicht üppigen, fürs Lebensnotwendigste aber ausreichenden Betrag auf Davids Konto. Diese Geldüberweisungen waren der letzte dünne Faden, der David mit seinem alten Herrn verband.

David und Tom hatten einen strikten Arbeitsplan verfasst, wer wann putzen, kochen oder den Einkauf besorgen sollte. Heute Abend war David mit der Zubereitung des Abendessens an der Reihe. Tom, der

Chemie im 4. Semester studierte, würde erst spät von der Uni zurückkehren. David hatte ein grünes Thai-Curry auf dem Plan. Sie liebten beide die Gerichte aus Thailand oder Indien, die ihnen nicht scharf genug sein konnten.

Da am Fahrstuhl das Schild »Außer Betrieb« hing, was in letzter Zeit öfters vorkam und Davids Vertrauen in dieses Gefährt erschütterte, schleppte er seine beiden schwer beladenen Einkaufstaschen die sechs Stockwerke hoch. Vor der Wohnung stellte er die Tüten hin und setzte sich auf den Boden.

Er war kurzatmig geworden, seit er die meiste Zeit des Tages entweder im Hörsaal oder zu Hause am Computer sass. Er trug die Taschen in die Küche und verstaute die Esswaren an ihren Platz. Dabei ging er minutiös vor: Die Konserven stapelte er übereinander, alle in einer Reihe. Die Etiketten richtete er exakt in die gleiche Richtung aus.

Im Kühlschrank prüfte er zuerst, ob es abgelaufene Lebensmittel gab. Diese entsorgte er, was ihm widerstrebte. Es erzürnte ihn, wenn man Nahrungsmittel, die mit grossem Aufwand und Energie produziert wurden, achtlos wegwarf, weil man zu viel eingekauft oder sie liegengelassen hatte. Er stellte Eier, Joghurts, Milchbeutel und die Sahne auf ihren Platz im Frigidaire. Zuletzt räumte er das Grünzeug ins Gemüsefach, das Ältere oben, das Frische unten. Nachher trat er einen Schritt zurück und vergewisserte sich wie ein

Künstler, ob sein Werk nach seinen Vorstellungen geraten sei.

David liebte Struktur. Das gab ihm Sicherheit. Er hasste es, wenn jemand nachlässig und chaotisch war. Dies war ein Zeichen von Schwäche. Für ihn bedeutete Ordnung Respekt gegenüber Dingen und Mitmenschen. Tom und David hatten in vielem ähnliche Ansichten. Falls zwischen ihnen die Fetzen flogen, lag es an ihrem unterschiedlichen Verständnis von Strukturierung.

David erinnerte sich deutlich an die erste Zeit am Gymnasium, nachdem er als 15-Jähriger nach Basel gezogen war und ihm alles fremd vorkam. Die Stadt mit ihren Menschenansammlungen, das pulsierende Leben, die Geschäftigkeit, die 24 Stunden währte: Dies verstörte und stresste ihn. Er sah keine Möglichkeit, diesem Dauerlärm zu entfliehen und in seinen Kokon zu schlüpfen, den er brauchte, um seine Gedanken zu sammeln und neue Kräfte zu tanken.

Am ersten Schultag betrat er scheu und etwas verloren das Klassenzimmer. Er war als Letzter eingetroffen, weshalb nur noch ein einziger Platz frei war. David setzte sich unbeholfen auf den Stuhl. Neben ihm saß ein gedrungener, kräftig gebauter, rothaariger Junge, der ihn aus gewitzten Augen hemmungslos musterte. Schließlich streckte der Bursche ihm seine Hand vors Gesicht und meinte grinsend: »Ich heiße

Thomas Burckhardt. Ich bin einer aus der High Society, vor der dich deine Eltern gewiss gewarnt haben. Ein Stinkreicher. Ein Nichtsnutz. Einer vom »Basler Daig«. Im Gegensatz zu den alten Zeiten ist man heute nicht mehr verpflichtet, Ehrfurcht vor uns zu zeigen und sich niederzuknien. Ich bin recht simpel gestrickt und ein verträglicher Charakter, vorausgesetzt, man reizt mich nicht. Freunde dürfen mich Tom nennen.«

Obwohl sie aus unterschiedlichen sozialen Verhältnissen stammten, fanden sie rasch einen Draht zueinander. David war der Nachdenkliche, Introvertierte und Belesene. Tom war das pure Gegenteil. Er war ein Lebemann und Draufgänger, der Außenminister in ihrer Beziehung.

Wenn es Probleme mit einem Lehrer wegen unerledigter Hausaufgaben oder einer Verspätung gab, regelte Tom dies auf seine joviale, schelmische Fasson. Niemand konnte ihm etwas verübeln und lange auf ihn wütend sein. Den Kopf leicht schräg gestellt, sah er einen entwaffnend an, setzte ein spitzbübisches Grinsen auf, wobei sich zwei Grübchen in seinen Wangen bildeten, und bat in schmeichlerischem Ton um Verzeihung.

In seltenen Momenten, falls jemand seinem Charme nicht erlag, blitzte Toms zweites Gesicht auf. Dann verengten sich seine Augen zu schmalen Schlitzen. Sein Lächeln gefror und seine Stimme wurde dünn und messerscharf. Dieser unbekannte Tom ließ David jeweils schaudern.

Da die beiden unzertrennlich schienen und auch ihre Freizeit gemeinsam verbrachten, erhielten sie von ihren Mitschülern rasch die Übernamen Bud Spencer und Terence Hill oder, weniger schmeichelhaft, der Rote und der Tote.

David musste sich mit dem Kochen beeilen. In einer halben Stunde würde Tom hungrig aus der Uni eintreffen. Er schüttete den Basmatireis in den Kochtopf, schnitt die Hühnerbrust in Stücke, briet sie scharf an, dünstete die grüne Currypaste, löschte sie mit Kokosmilch ab und würzte mit Zitronengras und Fischsauce. Ein exotischer Duft waberte durch die Wohnung.

Als David den Tisch aufdeckte, betrat Tom das Logis. Er schmiss seine Umhängetasche im hohen Bogen aufs Sofa. Die Sneakers flogen zu den anderen Schuhen auf einen Haufen. Sein Mantel, den er an den überbelegten Kleiderhaken gehängt hatte, glitt zu Boden.

David beobachtete aus den Augenwinkeln Toms Schludrigkeit. Sie nervte ihn immer von neuem. Vergeblich hatte er seinem Freund erklärt, dass ihn seine Unordnung zur Raserei brachte. Tom schien in dieser Hinsicht beratungsresistent zu sein.

David war sich bewusst, dass Kritik einen Streit provoziert hätte. Heute hatte er keinen Bock auf eine

Auseinandersetzung. Er unterdrückte den Kommentar, den er auf den Lippen hatte. Tom hätte einzig ein missbilligendes Zischen vernommen, wäre er nicht gedankenverloren gewesen.

Während des Essens wirkte Tom zerstreut und aufgewühlt. Auch das Glas Oeil de Perdrix, das ihn für gewöhnlich mild und mitteilsam stimmte, entfaltete heute keine Wirkung. David schilderte seine Erlebnisse an der Uni. Tom, der gewöhnlich ein aufmerksamer Zuhörer war, blickte durch ihn hindurch. An den unpassendsten Stellen nickte er oder warf gelangweilt »ach ja« ein. David kannte Tom lange genug, um zu wissen, dass er in Gedanken woanders war und irgendetwas nicht stimmte. Er wagte es aber nicht, nachzuhaken. Möglicherweise hatte er einfach einen schlechten Tag hinter sich.

Als Tom am nächsten Abend erneut zerstreut am Tisch saß, ohne mit einer Silbe das vorzügliche Gulasch, das David aufwändig zubereitet hatte, zu loben, schmetterte David sein Besteck auf den Tellerrand. Tom zuckte zusammen und wurde schlagartig aus seiner Gedankenwelt in die Wirklichkeit zurückgeholt.

»Was ist los mit dir?«, zeterte David. »Da bemühe ich mich, uns etwas Leckeres zuzubereiten, stehe stundenlang am Herd und du bemerkst nicht einmal, was du runterwürgst. Ich hätte ebenso gut eine Dose

Hundefutter öffnen und einen Pappkameraden aufstellen können. Offenbar ist es unter der Würde des vornehmen Herrn, seinem Diener Lob zu spenden. Ich darf mich glücklich schätzen, wenn der edle Herr mich nicht schlägt. Früher war das in eurer Gesellschaftsklasse ja noch üblich!«

David hatte sich in Rage geredet. Seine Hände zitterten und seine Ohren glühten. Er erhob sich, stieß den Stuhl zurück und verschwand in der Küche. Dort riss er das Fenster auf, um die kühle Nachtluft hineinströmen zu lassen. Obwohl er vor einem Jahr mit dem Rauchen aufgehört hatte, lag für solche Notfälle in der Küchenschublade ein Päckchen Kent. Er zündete sich eine Zigarette an, sog den Qualm tief in seine Lungen und blies ihn durchs geöffnete Fenster in die Nacht hinaus. Das Nervengift entfaltete seine Wirkung. Langsam beruhigte er sich.

Er war frustriert über sich. Wegen eines nichtigen Auslösers hatte er die Beherrschung verloren. Dabei hatte er in der Ausbildung zum Psychologen gelernt, seine Emotionen zu kontrollieren. Ihm war klar, dass Wutausbrüche ein Zeichen der Schwäche und Ohnmacht waren und er sich dadurch selber schadete. Er wollte sich in Zukunft besser im Griff haben und keine Blöße geben.

David hörte hinter sich ein Geräusch und drehte sich um. Da stand Tom, lässig an den Türpfosten gelehnt und schaute ihn eigenartig an. Wie lange er wohl dort gestanden und ihn beobachtet hatte? Er kam auf David zu und streckte ihm seine Rechte zum Friedensangebot entgegen. David zierte sich. Als Tom ihm versöhnlich auf die Schulter klopfte und ihn mit einem schelmischen Lächeln ansah, schlug er ein.

7

Die folgenden Tage waren beide oft unterwegs. Sie begegneten sich morgens und abends kurz auf dem Flur oder im Treppenhaus. Zu mehr als einem »guten Morgen« oder »Mach's gut« reichte die Zeit nicht. Erst am Samstag, nachdem sie ausgeschlafen hatten, trafen sie sich zu einem späten Frühstück. David mischte sich ein Müsli. Tom nippte an seinem Espresso und starrte angestrengt auf sein Handy. Der ungeklärte Streit vor drei Tagen lag noch immer in der Luft. Keiner wagte es, diesen anzusprechen.

»Willst du Brot?«, fragte Tom.

David verneinte. Dann herrschte Stille.

»Gehst du heute an die Versammlung deiner Umweltfreunde?«, erkundigte sich David.

Tom nickte abwesend, hob dann seinen Kopf vom Handy. »Weshalb fragst du? Meine Umweltgruppe hat dich bisher nie interessiert.«

»Ich habe mir gedacht, dass ich diese Gruppe gerne kennenlernen würde.«

Tom schaute David nachdenklich an. Es verstrichen ein paar Sekunden. Schließlich nickte er. »Das wäre schön, wenn du mitkämst.« Ein Lächeln huschte über Toms Gesicht. Seine Augen blieben leer.

Am Abend stiegen sie ins Tram und fuhren Richtung Zentrum, wo sie in einen Bus umstiegen, um über den Rhein nach Kleinhüningen an die deutsche Grenze zu fahren. Die letzten Meter von der Bushaltestelle zum Restaurant liefen sie zu Fuß. Vor dem Lokal standen in Grüppchen etwa 40 jüngere Leute. Einige rauchten oder nippten an einem Bier und unterhielten sich.

Als Tom und David auftauchten, verstummten die Gespräche. Alle Augen richteten sich auf die beiden Neuankömmlinge. Tom schüttelte Hände, klopfte auf Schultern, umarmte Frauen und verteilte Küsschen. Er schien alle zu kennen und beliebt zu sein. David folgte ihm wie ein dressierter Hund dicht auf den Fersen. Ab und zu drehte sich Tom um und stellte David seinem Gegenüber vor.

Nachdem sich die Gruppe in den geräumigen Saal des Restaurants bewegt und ihre Plätze an den langen Tischen eingenommen hatten, eröffnete ein knabenhafter, schlaksiger Mann, den Tom als Carl begrüßt hatte, die Veranstaltung. Er verlas mit sanfter, monotoner Stimme die Tagesordnungspunkte, wobei er sich öfters räusperte, was wie ein Tic wirkte, bis jemand der Zuhörer entnervt rief, er solle bitte laut und deutlich sprechen. Wie David mitbekam, drehte es sich an diesem Abend um Finanzen, Wahlen und die zukünftige Ausrichtung bei Umwelt-Aktionen. David hatte keine Lust mehr, dem unbeholfenen Referat zu folgen. Er sah sich um. Die meisten Anwesenden waren in seinem Alter, zwischen 20- und 30-jährig. Ein Drittel der Teilnehmenden waren Frauen.

Als er seinen Blick über die Gesichter schweifen ließ, fiel sein Augenmerk auf eine Frau, die ihm schräg gegenübersaß. Sie schien in die Ansprache des Redners vertieft zu sein. Da sie zur Bühne schaute, konnte David ihr Profil, das sich vor dem Fenster abzeichnete, eingehend studieren. Sie trug ihr glänzendes braunes Haar offen. Die Haarspitzen berührten ihre Schultern. Ihr Gesicht hatte für die frühe Jahreszeit einen bronzefarbenen Teint, was darauf schließen ließ, dass sie entweder kürzlich im Urlaub war oder sich oft in der freien Natur aufhielt. Sie hatte eine winzige Nase, wobei deren Spitze keck nach oben strebte. Auch ihre langen Wimpern endeten in einem Bogen Richtung Stirne. In den Augenwinkeln zeichneten sich erste Fältchen ab, was ihr eine gewisse Reife verlieh und ihr gut stand. David schätzte sie um die dreissig. Er konnte sich kaum sattsehen an ihr. Er hatte das vage Gefühl, dieser Frau bereits begegnet zu sein.

Sie schien zu bemerken, dass sie jemand beobachtete. Abrupt wandte sie ihren Kopf Richtung David. Dieser wurde überrumpelt und schaffte es nicht, schnell genug seine Augen zu senken. Ihre Blicke kreuzten und verhakten sich für einen kurzen Augenblick. David fühlte sich ertappt und spürte, wie das Blut in seine Schläfen schoss. Ein kaum wahrnehmbares Lächeln zeichnete sich auf ihren Lippen ab.

In der Pause stahl sich David aus dem Saal davon. Aus sicherer Distanz beobachtete er, wie die Frau bei einem Grüppchen Männer stand und sich zu amüsieren schien. David vernahm ihr glucksendes Lachen, sah sie ihren Kopf zurückwerfen und sich mit der rechten Hand die Haare aus dem Gesicht streichen. Unter den Männern war Carl, der unbeholfene Redner von vorhin. Zwischendurch berührte sie wie zufällig dessen Arm.

David hätte sich gerne zu dieser Gruppe gesellt, um die Nähe dieser hinreißenden Frau zu genießen. Er traute sich aber nicht, hinzugehen und sich mit dem Bier in der Hand daneben zu stellen. Er kannte niemanden und er befürchtete, vor lauter Hemmungen nur Banalitäten zur Unterhaltung beizutragen.

Nach der Pause wurden die restlichen Tagesordnungspunkte abgehandelt. Beim Thema Umwelt-Aktionen verstummte das Publikum. Es entstand eine knisternde Spannung im Saal. Man hätte den Laut einer fallenden Stecknadel vernehmen können.

Alle Anwesenden starrten gespannt auf Carl. Sein Notizzettel zitterte in seiner Hand. Carl referierte noch holpriger als zuvor. Er nuschelte, man sei sich beim letzten Treffen uneins gewesen, in welcher Form man den Klimaprotest weiterführen wolle. Die Mehrheit habe den eingeschlagenen Weg gutgeheißen, mittels friedlicher Proteste und Demos die Gesellschaft wachzurütteln. Einem kleineren Teil der Gruppe von Aktivisten gehe dieser Weg hingegen zu langsam.

Dann verlor Carl den Faden. Er durchwühlte seine Notizen und suchte verzweifelt die Fortsetzung, wobei er den Kopf wie ein Wackeldackel hin- und herbewegte. Als er die Stelle wiedergefunden hatte, ertönte aus der Zuhörerschaft ein Zwischenruf. David erkannte Toms Stimme.

Tom erhob sich seelenruhig von seinem Platz. Seine leuchtend rote Mähne stach aus dem Publikum heraus. Er stand da mit durchgestrecktem Rücken, den Kopf erhoben, das Kinn nach vorne gereckt und mit einem kämpferischen Blick.

»Lieber Carl«, legte er pathetisch los. »Ich schätze dich sehr als Freund und Visionär für unsere Anliegen. Du hast der Idee einer klimagerechten Welt bedeutenden Schwung verliehen. Du hast es geschafft, dass diese Bewegung bei der Bevölkerung einen positiven Klang und viel Unterstützung in ideeller und finanzieller Hinsicht erhielt. Trotz allem hat dies dem Klima bisher nicht weitergeholfen. Der CO_2-Ausstoß des motorisierten Verkehrs ist nicht gesunken. Im Gegenteil: In der letzten Zeit ist er wieder angestiegen. Die Bürger sind leider nicht bereit, auf ihre Bequemlichkeit zu verzichten. Die Neuzulassungen der SUV-Dreckschleudern steigen jedes Jahr und keinen kümmert's.«

Die Umstehenden applaudierten.

Er fuhr in beschwörendem und kämpferischem Ton fort: »SUV und PS-starke Autos sind Waffen in den Händen dieser Umweltzerstörer. Der Klimanotstand verbietet es, dass wir mit diesen Klimaschädlingen und Parasiten weiterdiskutieren. Wir sollten klare Kante zeigen, und ihnen die Daumenschrauben anziehen.«

Erneut ertönten anfeuernde Zwischenrufe und Applaus.

Tom holte zum finalen Schlag aus: »Es ist fünf nach zwölf. Die Zeit des Appeasement ist vorüber. Wir haben lange genug gekuscht und uns lächerlich gemacht. Schluss mit den hohlen Phrasen. Jetzt müssen Taten folgen!«

Der Saal kochte. Die Teilnehmer erhoben sich, stampften, johlten und applaudierten frenetisch. Vereinzelt sah man Zuhörer, die sitzen blieben, ihren Kopf schüttelten und fassungslos die aufgeheizte Stimmung verfolgten.

David hatte seinen Freund niemals zuvor so kategorisch, kampfeslustig und entfesselt erlebt. Toms Rede hatte auch ihn vom Stuhl gerissen. Er schloss sich dem fünfminütigen, rhythmischen Beifall an.

David hatte sich bisher kaum je Gedanken über die Problematik des Individualverkehrs gemacht. Er besaß kein Auto. In einer Stadt, mit derart ausgebautem öffentlichem Verkehr war dies ein unnützer Luxus. Und mit seinem alten Fahrrad gelangte er in den chronisch verstopften Straßen Basels meist rascher ans Ziel. Er regte sich zwar oft über die rücksichtslosen Automobilisten auf, wie sie mit ihren dicken Schlitten, die Geh- und Fahrradwege verbarrikadierten, ohne einen Kontrollblick in den Rückspiegel abzusetzen.

David hatte erlebt, was es bedeutet, mit dem Fahrrad bei vollem Karacho in eine geöffnete Seitentüre zu rasen. Er war kopfüber auf den Asphalt gestürzt. Hätte er nicht ausnahmsweise einen Helm getragen, hätte dieser Sturz böse enden können. So schürfte er sich bloß die Knie und Ellenbogen auf. Als er sich benommen, mit zitternden Knien und Schulterschmerzen aufrappelte, brüllte ihn der Fahrer an, er solle gefälligst besser aufpassen.

Tom hatte recht mit seiner Aussage, dass diese panzerähnlichen SUVs eine Gefahr darstellten und in den falschen Händen zu Waffen mutierten. Sie verpesteten mit ihren Abgasen die Luft, die die Menschen zum Atmen brauchte. Sie verstopften Straßen und Plätze und verdrängten Fußgänger und Fahrradfahrer. Und sie waren verantwortlich für schwere Unfälle. Sie hinterließen Verletzte, Krüppel, Getötete sowie Angehörige, die von heute auf morgen zu Witwern und Halbwaisen verkamen.

Die Versammlung war beendet und die Zuhörer strömten rasch zum Ausgang. Es entspannen sich Diskussionen und David schnappte Satzfetzen auf: »Streik wäre ein Zeichen…Handeln, bevor es zu spät ist…..,Initiative gegen SUV…«

Draußen an der Treppe war eine Runde von Teilnehmern versammelt. Mitten unter ihnen stand Tom. Er lachte und gestikulierte und schien sich bestens zu amüsieren. Die Umstehenden hingen an seinen Lippen. Nach seiner Ansprache war er der Star des Abends.

Als David nähertrat, sagte Tom zu den Umstehenden. »Darf ich vorstellen: Mein alter Freund und Wohnpartner David.«

Alle Gesichter wandten sich David zu, was diesen in Verlegenheit brachte. Er nickte den Anwesenden reihum zu.

Dann entdeckte er die entzückende Brünette des Nachbartisches. Er starrte sie gebannt an, unfähig, zu sprechen. Ihr Mund verzog sich zu einem breiten Grinsen und entblößte eine Reihe strahlend weißer Zähne.

Tom rettete die Situation, indem er seinen Arm um die Schulter der Frau legte und mit theatralischer Geste kundtat: »Das ist mein Engel Katja! Ein Bild von einer Frau, nicht wahr?« Tom zog sie an sich und küsste sie auf ihren Mund. Tom war in Feierlaune. »Ich lade euch alle auf ein Glas Wein ein,« verkündete er gönnerhaft. »Diesen Erfolg müssen wir feiern.«

Zwei Straßen weiter, im Boccalino, einem italienischen Restaurant, belegten sie den letzten Tisch. David erwischte den freien Stuhl neben Katja. Tom bestellte eine Flasche Primitivo di Manduria, Antipasti aus Oliven, Parmaschinken und Parmesanbrocken.

Als der Rotwein eingeschenkt war, erhob Tom sein Glas und schlug mit dem Messer dezent dagegen. Der helle Klang, der David an seine Zeit als Messgehilfe erinnerte, ließ alle Kollegen verstummen.

»Liebe Freunde«, verkündete Tom, »ich genieße es, in eurer Runde den heutigen Abend ausklingen zu lassen. Wir sind die Generation der Zukunft. Vereint werden wir diese Welt in einen emissionsarmen, lebenswerten und gerechten Ort verwandeln. Wir haben einen langen, beschwerlichen Weg vor uns. Es wird uns Schweiß und Tränen kosten. Aber gemeinsam sind wir stark. Wir werden siegen. Venceremos!«

Alle standen auf, erhoben ihre Gläser und stimmten ein: »Venceremos!«

»Du bist also David«, wandte sich Katja nach der Ansprache an ihn. »Endlich lerne ich dich kennen.«

David war überrascht, wie melodiös ihr Dialekt tönte, den er in der Zentralschweiz verortete. Ihre Stimme war angenehm weich.

»Tom hat mir öfters von dir erzählt.«

»Ich hoffe...«, David verschluckte sich an einem Käsestück und musste sich räuspern, »...nur das Allerbeste.«

»Tom ist dein größter Fan. Er hat dich jeweils in den höchsten Tönen gelobt. Du seist belesen, hättest dir ein immenses Wissen angeeignet, seist charmant und der ruhende Pol in eurer Freundschaft. Ich war gespannt, wer David, dieser Tausendsassa, wohl sei.«

»Und nun bist du frustriert, einen unscheinbaren, introvertierten, stummen Klotz vor dir zu haben«, spöttelte David.

Katja prustete los: »In der Tat habe ich dich mir anders vorgestellt.« Sie hielt inne, schenkte David und sich vom schweren Wein nach, pickte sich von der Platte ein Stück Brot mit Parmesan.

David war neugierig, wie sie weiterfahren würde. Er studierte Katjas Gesicht. Der Schönheitsfleck auf ihrer Oberlippe bildete einen Kontrast zu ihren ebenmäßigen Zügen. Ihre dunklen Augen strahlten Güte und eine unergründliche Schwermütigkeit aus.

»Ich nahm an, du seiest kleiner, rundlich und hättest eine hohe Denkerstirn.« Sie lächelte verlegen.

»Und nun bist du enttäuscht, dass ich eine solch lange Latte mit dichtem Moos auf dem Kopf bin?«

In diesem Moment unterbrach Tom ihr Geplänkel. Er hatte einige Gläser Wein intus. Seine Augen stierten glasig und seine Bewegungen waren fahrig.

»Na ihr beiden, habt ihr euch bereits beschnuppert?«, lallte er mit schwerer Zunge. »Ihr scheint ja rasch Gefallen aneinander gefunden zu haben. Da lässt man seine Angebetete kurz alleine, schon bezirzt sie einen anderen Kerl, dazu noch den besten Freund.«

Er legte seinen Arm um Katjas Schultern und versuchte, sie zu küssen. Sie wich ihm aus und wand sich aus seiner Umarmung. Tom glotzte sie erbost an.

»Bin ich der Dame zu wenig nobel?«, polterte er und hielt sich am Tisch fest, um nicht das Gleichgewicht zu verlieren.

Die Umstehenden verstummten. Alle Augen waren auf Katja und Tom gerichtet.

Tom zischte: »Du darfst dich glücklich schätzen, mich abbekommen zu haben. Eine Frau mit einem unehelichen Balg ist nicht das, was sich ein Mann sehnlichst wünscht.«

Sie starrten sich finster an. Katja drehte sich weg und suchte in ihrem Mantel nach einem Taschentuch. Sie schnäuzte sich. Als sie sich umwandte, rollten Tränen über ihre Wangen.

»Du weißt, ich hasse es, wenn du zu viel getrunken hast. Dann bist du nicht mehr dich selber. Ich bin enttäuscht und müde und werde nach Hause fahren.« Sie stand abrupt auf, packte ihren Mantel sowie ihre Handtasche und verließ ohne Verabschiedung das Lokal. Eine betretene Stille machte sich im Raum breit. David war es unbehaglich zumute. Ungewollt war er zum Auslöser dieses Streits geworden. Er ging auf Tom zu, um ihm die Hand zu reichen und die Lage zu entschärfen. Tom weigerte sich, einzuschlagen und wandte ihm den Rücken zu.

Die Stimmung war binnen kürzester Zeit gekippt. Der Abend war gelaufen. Alle verlangten, zu zahlen und verließen rasch das Lokal.

8

David war zu aufgewühlt, um direkt nach Hause zurückzukehren. Er befürchtete, dort auf Tom zu treffen. Was hätte er ihm sagen sollen: »Es tut mir leid. Ich ließ mir den Kopf verdrehen. Ich wollte dir und deiner Freundin nicht zu nahetreten«. Dabei gab es für Tom keinen Anlass, derart aus der Haut zu fahren. Er konnte ja nicht ahnen, wie es in Davids Seele tobte, wie Beherrschung und Vernunft mit Leidenschaft und Lust um die Oberhand rangen.

Zuerst wollte David Ordnung in seine chaotischen Gefühle bringen und nachdenken, wie er aus diesem Wirrwarr unbeschadet herausfände, ohne seinen Freund vor den Kopf zu stoßen oder ihn gar zu verlieren. Dies gelang ihm am besten bei einem Spaziergang in der kühlen Nachtluft.

Es hatte zu tröpfeln angefangen. Der Wind blies böig. David schritt zügig Richtung Rhein und Innenstadt. Wenige Spaziergänger, die Kapuzen tief ins Gesicht gezogen, die meisten mit Hunden, die ihnen wie Schatten folgten, kamen ihm entgegen. Im Zentrum stieg er in einen Bus zum Bahnhof. Trotz seines

Vorsatzes, das Rauchen aufzugeben, hatte er das dringende Verlangen, sich am Kiosk ein Päckchen Zigaretten zu besorgen. Sein Gefühlssturm ließ sich am ehesten mit Alkohol und Nikotin benebeln.

An der Tramhaltestelle fingerte David ungeduldig eine Zigarette aus der Packung, zündete sie an und sog den Rauch tief ein. Er sah zu, wie die Glut sich durch das dünne Zigarettenpapier fraß.

Jemand klopfte ihm sacht auf die Schulter. Er drehte sich um. Vor ihm stand Katja. Nass vom Regen, der unterdessen in Bindfäden niederging, klebten ihr die Haare im Gesicht. Ihre Augen waren gerötet. Die Schminke war zerlaufen, ob von den Regenfällen oder vom Tränenfluss, vermochte David nicht zu beurteilen. Sie war einen Kopf kleiner als er, aufgelöst, verloren und zerbrechlich. Obwohl David ein paar Jahre jünger als Katja war, hätte er sie am liebsten wie ein kleines Mädchen in den Arm genommen, einen Schutzwall gegen den Regen und die Unbill des Lebens bildend. Nach dem Vorfall im Restaurant wagte er es aber nicht, Katja zu berühren.

»Ich wusste nicht, dass du rauchst«, sagte sie mit schwacher Stimme.

»Das ist eine meiner düsteren Seiten, die ich zu verbergen suche. Ich hatte damit aufgehört. Heute bin ich ein Genuss-, oder besser gesagt, ein Stressraucher. Ich versuche dadurch, meine Dämonen in Schach zu halten.«

David zog ein letztes Mal kräftig am Filter und drückte den Stummel auf dem Abfallkübel aus.

»Und, schaffst du es, sie in Schach zu halten?«, wollte Katja wissen.

»Nicht immer. Heute hatte ich keinen Erfolg.«

Der Gesprächsfaden riss ab. Sie standen steif und stumm da. David lehnte sich an die Verstrebung des Unterstandes und starrte auf seine Sneakers, die vom Regen durchgeweicht waren. Mit seinem Zeigefinger malte er Kringel auf die nasse Scheibe. Katja schaute gedankenverloren den ein- und aussteigenden Passagieren nach.

»Hättest du Lust auf einen Schlummertrunk?«, unterbrach David die Stille. »Ich kenne eine gemütliche Bar um die Ecke.«

»Das ist lieb«, entgegnete Katja. »Die Idee auf ein Bier in angenehmer Gesellschaft würde mir gefallen. Das würde meine miese Stimmung sicher heben. Es ist aber 21.30 Uhr. Ich habe der Nanny gesagt, dass ich spätestens um 22 Uhr zurück sei. Wenn ich abends arbeite oder wegmuss, hütet sie Andrej.«

David schaute Katja irritiert an. Sie bemerkte seinen fragenden Blick.

»Andrej ist mein Junge, der vaterlose Balg, wie Tom sich abschätzig äußerte. Vor sechs Jahren verknallte ich mich Hals über Kopf in einen lebenslustigen Polen, den ich während meines Sprachaufenthalts in Barcelona kennen lernte. Ferienlaune, das Rauschen des Meeres, die beschwingte Musik und die süffige Sangria höhlten meine Widerstandskraft aus. Als wir beide wieder bei Verstand waren, war's zu spät und ich schwanger. Leider hatte er bereits eine Freundin in Danzig und schmiedete mit ihr Zukunftspläne, in denen es für mich keinen Platz gab. Ich war dazumal in einer Weiterbildung zur medizinischen Masseurin. Für mich hätte ein Baby eine extreme finanzielle, zeitliche und seelische Belastung bedeutet und war zu diesem Zeitpunkt unnötig wie ein Kropf. Alle wünschten mein Bestes und redeten mir zu, ich solle meine Zukunft nicht verbauen und das Kind abtreiben. Ich stand schon vor der Abtreibungsklinik, als eine innere Stimme mich hinderte, über die Schwelle zu treten. Jegliche Vernunft sprach für einen Schwangerschaftsabbruch, doch mein Herz kämpfte für dieses ungeborene Wesen. Ich wünschte, dass Andrej einen Platz auf diesem lebenswerten Planeten erhielte. Trotz ungezählter durchwachter Nächte, permanenter Geldsorgen und einsamer Abende zwischen Brüllen, vollen Windeln und Erbrochenem, habe ich es niemals bereut. Heute bin ich mir sicher, dass dies die beste Entscheidung meines Lebens war.«

Während Katja diese Geschichte erzählte, war der wehmütige Ausdruck in ihren Augen einem hellen Glanz gewichen. Ihr Gesicht strahlte rosig. Hilflosigkeit und Ohnmacht hatten Tatkraft und Lebensmut Platz gemacht.

Eine Straßenbahn bog quietschend um die Ecke. Ohne lange zu überlegen, fragte Katja: »Hättest du Lust, mich nach Hause zu begleiten und bei mir noch etwas zu trinken?«

Das war mehr, als David nach dem heutigen Tag zu hoffen gewagt hatte. Sein Herz lachte beim Gedanken, an der Seite von Katja den Abend ausklingen zu lassen.

»Gerne.« Mehr brachte er nicht heraus.

9

Katjas Wohnung befand sich in einem baufälligen, historischen Haus aus der Jahrhundertwende. Die ausladende Steintreppe führte in den ersten Stock. Im Appartement zweigte ein weiträumiges Wohnzimmer mit hoher Decke und Stuckaturen rechts vom Gang ab. Das antike Fischgrätparkett knarrte bei jedem Schritt. Die bodentiefen Fenster wiesen gegen die befahrene Straße. Der Raum war spartanisch mit einem Sofa, einer Chaiselongue und einem Sideboard möbliert. Dies gab ihm zusätzliche Weite.

David, der sich in vollgestellten Zimmern beengt fühlte, konnte hier tief durchatmen. In einer Ecke erblickte er eine Kiste mit Legosteinen. Daneben stand ein Fahrzeug, einem Feuerwehrauto nicht unähnlich, zusammengesetzt aus blauen Steinen. Eine Brio-Bahn mäanderte durchs Wohnzimmer und verschwand hinter der angelehnten Türe eines Zimmers.

Erst jetzt entdeckte David den Teenie, lang ausgestreckt auf dem Sofa. Das Mädchen schien zu dösen. Katja stupste sie sanft an. Das junge Ding zuckte zusammen und riss erschrocken die Augen auf.

»Hallo Lena, wir sind zurück. Ich hoffe, alles lief gut?«

Lena rieb sich verschlafen die Augen. »Null promblemo! Andrej ist ein süßer Fratz. Ich habe ihm erlaubt, die Bahn quer durch das Wohnzimmer in sein Zimmer zu bauen. Er wollte, dass ich die Türe offenstehen lasse, damit der Zugführer höre, wenn die Mama nach Hause käme«.

Beide lachten.

Katja händigte Lena den Lohn aus, umarmte sie zum Abschied und schlich sich in Andrejs Zimmer. Der Junge atmete gleichmäßig und tief. Sie zog ihm die Decke bis unters Kinn und küsste ihn auf die Stirne. Er grunzte kurz und drehte sich auf die andere Seite. Katja schloss die Türe hinter sich.

»Willst du ein Bier, ein Glas Wein oder lieber einen Kaffee?«, rief Katja aus der Küche.

»Ich hätte gerne ein Glas Rotwein, nachdem heute Abend unser Apéro ins Wasser fiel.«

Katja erschien mit zwei Weingläsern und einer angebrochenen Flasche Rotwein auf einem Tablett und stellte sie neben das Sofa auf den Boden. David setzte sich auf die Kante des Sofas, während Katja sich auf die Chaiselongue fläzte.

»Ich habe dich an der Tramhaltestelle mit meinen Geschichten vollgelabert«, bemerkte Katja. »Ich habe keine Ahnung, was mit mir los war. Sonst stülpe ich niemals mein Innerstes nach außen. Schon gar nicht bei mir Unbekannten. Wir kennen uns ja erst seit ein paar Stunden. Deine Art hat bei mir irgendetwas anklingen lassen. In deiner Gegenwart fühlte ich mich von Beginn weg behaglich. Du strahlst eine Ruhe aus, als ob du für alle und alles Verständnis aufbringst und dich nichts aus der Bahn wirft.«

»Das wirkt nur auf den ersten Blick so. Äußerlich scheine ich friedlich wie ein See an einem windstillen Tag. Unter der Oberfläche dagegen gärt und brodelt es und ich fechte stille Kämpfe aus. Meine Dämonen eben.«

David lächelte beschämt, denn er war es ebenso nicht gewohnt, über seine Gefühle zu sprechen wie Katja. »Ich studiere Psychologie. Dort lernt man vor allem, seine Mitmenschen und nicht sich selber zu analysieren.«

»Weshalb hast du dich für Psychologie entschieden?«, wollte Katja wissen.

»Für die Naturwissenschaften reichte mein Verstand nicht aus, Gesetze sind mir zu statisch, Blut verursacht mir Übelkeit und als Lehrer würde ich bereits in der ersten Lektion von den Schülern zur Schnecke gemacht. Blieben nur Psychologie oder Theologie. Mich interessieren und faszinieren die Beweggründe und Überzeugungen der Menschen, zu handeln. Während meiner Zeit als Ministrant wünschte ich mir, Priester zu werden. Unser damaliger Dorf-Pfaffe vermieste mir die Religion aber komplett.«

Die letzten Worte spie David aus. Katja sah ihn an und entdeckte in seinen Augen Wut und Verbitterung. Ihr wurde bewusst, dass hier einer der Dämonen sein Unwesen trieb. Sie wagte es nicht, weiter zu bohren. Ihre Beziehung war zu frisch und fragil.

Katja trank den letzten Schluck Wein, erhob sich und meinte: »Ich sollte ins Bett. Morgen habe ich einen anstrengenden Arbeitstag vor mir. Falls du keine Lust auf eine Begegnung mit Tom hast, kannst du gerne auf dem Sofa übernachten.«

David nahm das Angebot dankend an.

Katja brachte ihm ein Kissen und eine Decke. Sie sagte: »Ich danke dir für dein offenes Ohr. Ich habe den Abend in deiner Gesellschaft genossen.« Sie trat auf ihn zu und gab ihm zum Abschied einen flüchtigen Kuss auf die Wange.

10

Am nächsten Morgen wurde David schon um sechs Uhr durch den einsetzenden Berufsverkehr geweckt. In Wellen brandete das Brummen der anfahrenden Autos durchs offene Fenster an seine Ohren. Er musste erneut kurz eingedöst sein. Plötzlich spürte er, wie jemand an seinem T-Shirt zupfte. Er drehte sich um und schaute direkt in zwei staunende Kulleraugen.

»Was machst du hier?«, wollte der Junge mit zarter Stimme wissen.

David wähnte, einen von Botticellis gemalten Engel vor sich zu sehen. Der Knabe hatte tiefblaue Augen und ein rundes, ebenmäßiges Gesicht. Auf seinem flachsblonden Haar spiegelte sich der Glanz der aufgehenden Sonne.

David vermutete, dass seine Anwesenheit auf diesem Sofa den Jungen irritierte.

»Ich heiße David und bin ein Freund deiner Mama. Du musst Andrej sein. Deine Mama hat mir viel von dir erzählt. Gestern habe ich deine Eisenbahn bestaunt. Da hast du ja ein tolles Bauwerk hinbekommen.«

Der fremde Besucher verunsicherte Andrej. Trotzdem begann er zu strahlen. »Hast du meine Brio-Lokomotive mit den Eisenbahnwagen gesehen?«.

Er rannte in sein Zimmer. Aus der Dunkelheit ertönten ein Pfiff und das Geräusch einer stampfenden Dampflok. Schnaubend tauchte sie aus dem Raum auf, hinter sich drei Waggons herschleppend. Zuhinterst kroch auf allen vieren ein vergnügter Junge den Geleisen entlang.

Aus der Küche drang der Duft nach aufgebrühtem Kaffee. Katja erschien in der Türe. Sie hatte noch ihren Pyjama an und stand ungeschminkt und mit zerzaustem Haar da, was ihr ein verwegenes Aussehen gab.

»Männer-Frühstück ist fertig,« rief sie in die Stube.

»Ich will zuerst den Zug in den Bahnhof fahren,« protestierte Andrej.

Auf zwei Tellern hatte Katja Rührei mit Speck und Zwiebeln sowie Toastbrot angerichtet. Es duftete verführerisch. David hatte Appetit und im Nu waren Ei und Toast in seinem Mund verschwunden.

Katja schlürfte währenddessen an einer Tasse Kaffee und beobachtete David belustigt. »Da scheint jemand mächtigen Hunger zu haben.

Bekommst du nichts Richtiges in eurer WG zwischen deine Zähne?«

»Sicher, wir kochen oft und mit frischen Produkten«, erwiderte David. »Da ich mehr Freizeit habe und Tom zusätzlich in der Umweltgruppe aktiv ist, bereite ich häufig das Essen zu.«

»Tja, Tom kann gut delegieren«, bemerkte Katja säuerlich. »Er schafft es ständig, andere für sich einzuspannen und den Erfolg für sich zu verbuchen. Er hat eine mitreißende Art, er kann führen und verführen und man ginge für ihn durchs Feuer. Doch wenn er sein Ziel erreicht hat, spuckt er dich wie einen gelutschten Drops aus. Er ist ein Egoist, wie er im Bilderbuch steht.«

»Das sind heftige Anschuldigungen«, verteidigte David seinen Wohnpartner. »Ich erlebe Tom anders. Ich kenne ihn seit Ewigkeiten. Ab und zu kann er barsch, ja verletzend sein, wie gestern Abend. Da ist er eindeutig zu weit gegangen. In solchen Momenten sieht er seinen Fehler aber rasch ein. Grundsätzlich ist er ein friedliebender und harmoniebedürftiger Zeitgenosse. Und er hat ein großes Herz.«

»Ich hoffe, du täuschst dich nicht in ihm«, meinte Katja kritisch. »Ich habe Angst, dass….«

In diesem Augenblick raste Andrej mit Getöse in die Küche, warf sich auf seinen Hocker und begann, sein Rührei und die labberigen Toasts in sich hineinzuschaufeln. Mit vollem Mund fragte er: »Mama, darf ich mit Lena in den Park, wenn du arbeiten gehst?«

»Du müsstest heute Morgen eigentlich zu Oma, sie fühlt sich aber nicht fit. Ich werde Lena fragen, ob sie Zeit hat«.

»Ich habe keine Vorlesungen«, erklärte David. »Ich gehe nachmittags kurz in der Unibibliothek ein Buch abholen. Ich könnte mich um Andrej kümmern. Aber nur, falls er dies möchte.«

»Au ja!«, rief der Knabe begeistert. »Dann steigen wir den ganzen Tag auf den Kletterturm im Park, fahren mit der Eisenbahn oder bauen Legos zusammen«.

»Ich hoffe, du weißt, worauf du dich da einlässt«, meinte Katja grinsend zu David gewandt. »Das wird sehr anstrengend und abends wirst du nudelfertig sein.«

Andrej stürzte seinen Kakao runter und spurtete in sein Zimmer. Katja und David hörten, wie Schubladen herausgezogen und Schranktüren aufgerissen und wieder zugeschlagen wurden. Drei Minuten später stand der Knirps in gelben Gummistiefeln, grüner Regenjacke, regenbogenfarbiger Strickmütze mit Ohrenklappen und seinem Rucksack mit einem Fuchskopf als Deckel, vor ihnen.

»Fertig!«, verkündete er, seine Fäuste in die Hüften gestemmt.

»In diesem Fall sollte ich Vollgas geben«, meinte David mit gespielter Tollpatschigkeit.

Er ließ sich vom Barhocker gleiten und flach auf den Boden fallen. Er rappelte sich auf, strauchelte über den Teppichrand und fiel erneut der Länge nach hin.

Andrej kugelte sich vor Lachen. Seine ansteckende Heiterkeit sowie Davids groteske Darbietung zauberten auf Katjas Gesicht ein Lächeln. Sie zog Andrej an sich, drückte ihn fest und gab ihm einen Kuss.

Der Junge duckte sich und protestierte: »Mama, ich bin zu alt, um geküsst zu werden«.

David reichte Katja zum Abschied die Hand, ohne sie an sich zu ziehen. Hand in Hand stieg er mit Andrej die Treppe hinunter. An der stark befahrenen Straße suchten sie eine Lücke zwischen den Autos. Katja hielt sich am offenen Fenster auf und winkte den beiden nach. Sie sah, wie sie den Park betraten und nach und nach in der Ferne zu Zwergen schrumpften, bis sie sich im Grün auflösten.

David und Andrej steuerten auf den Spielplatz mitten im Stadtpark zu. Dort befand sich Andrejs Lieblingsecke, das Netz. Hier durfte er sich austoben, seiner ungezügelten Energie freien Lauf lassen, ohne dass seine Mutter ihn beständig vor vermeintlichen Gefahren warnte.

Andrej erkannte rasch, dass er bei David mehr wagen durfte, ohne dass dieser ihn in seinem Bewegungsdrang drosselte. Er erklomm, flink wie ein Schimpanse, das Netz und hangelte sich, angespornt durch Davids Zurufe, von einem Tau zum nächsten. Auf der Spitze angekommen, strahlte er zu David hinunter, als ob er den Mount-Everest bezwungen hätte.

Andrej war wie ein Gummiball in ständiger Bewegung. Unermüdlich kletterte, sprang, hüpfte und robbte er im Sand, über Stangen und durch Betonröhren. David wurde es nur schon vom Zusehen schwindlig.

Unvermittelt pflanzte sich Andrej vor David auf und verkündete außer Puste, nun sei er hungrig und wolle etwas essen. Sie durchstreiften den Park, bis Grillduft sie zu einem Wurststand lotste. Mit zwei Bratwürsten, zwei Portionen Pommes und einer Dose Cola versehen, fläzten sie sich auf die Wiese.

»Liebst du meine Mama?«, erkundigte sich Andrej vorwitzig, nachdem er seine Wurst verdrückt hatte.

David verschluckte sich an einem Pommes frites und hustete.

»Ja, ich denke, ich mag deine Mutter gut«, entgegnete David behutsam.

»Habt ihr euch schon geküsst?«, bohrte Andrej weiter.

David wusste darauf keine einfache Antwort. Jedenfalls keine, die er dem Dreikäsehoch begreiflich machen konnte. Seine Phantasien und widersprüchlichen Gefühle Katja gegenüber, waren einem Fünfjährigen nicht zuzumuten.

»Das ist bei Erwachsenen etwas kompliziert«, wich er deshalb aus.

»Wieso?«, ließ der Junge nicht locker. In diesem Augenblick hüpfte ein Eichhörnchen knapp an ihnen vorbei über den Rasen. Andrej quiekte vor Vergnügen. Er schoss auf und jagte dem verängstigten Tier hinterher bis zum Fuß einer Tanne. Das Eichhörnchen kletterte den Stamm hoch und sprang flink von Ast zu Ast, bis Andrej es aus den Augen verlor. Er kehrte zu David zurück. Seine verzwickte Frage von eben war ihm entfallen. David atmete erleichtert auf.

»Komm, lass uns ein Wettrennen machen«, schlug David vor. »Wer zuerst beim Eingangstor ist, hat gewonnen und erhält heute Abend eine doppelte Portion Eis.«

Andrej strahlte und stellte sich breitbeinig zum Start hin.

»Ich lasse dir einen Vorsprung, weil du kürzere Beine hast«.

Der Junge spurtete los und David folgte ihm fünf Sekunden später. Er holte rasch auf, überließ ihm aber die Führung. Andrej gab alles. Seine Beine sausten hoch und nieder wie die Kolben einer Dampflok. Während er drei Schritte abspulte, benötigte David einen. Als er zurückblickte, sah er David dicht auf den Fersen. Das Ziel, das Eingangstor, rückte rasch näher.

Andrej raste unter Triumphgeheul, ohne anzuhalten oder sein Tempo zu drosseln, durchs Tor. Dahinter befanden sich der Bürgersteig und die breite, verkehrsreiche Straße. David brüllte, er solle stoppen. Andrej bekam infolge des Straßenlärms nichts mehr mit. Er hatte dermaßen Schwung, dass er wie ein unkontrolliertes Geschoss auf die Fahrbahn katapultiert wurde. Die Büsche versperrten David die Sicht. Einzig ein grässliches Kreischen von Autobremsen vernahm er.

David schoss um die Pforte und sah drei Meter entfernt einen schwarzen SUV mit laufendem Motor quer zur Fahrbahn stehen. Lange, kohlrabenschwarze Bremsspuren hafteten wie ein Mahnmal auf der Straße. Hinter dem Auto stauten sich zahlreiche Fahrzeuge. Vor dem vierrädrigen Ungetüm stand Andrej in Schockstarre. Sein Kopf bildete mit der Motorhaube eine Linie. Zwischen seinem Gesicht und dem Kühlergrill hätte kein Blatt Papier mehr dazwischen gepasst.

Andrej schien unversehrt. David eilte zu dem Jungen. Er kniete vor ihm nieder und schlang seine Arme um ihn. Jetzt erst löste sich Andrejs Erstarrung und sein Körper fing an zu zittern. Zuerst wimmerte er, schließlich schluchzte er los.

»Ich wollte, ... ich wollte stoppen, ... ich konnte einfach nicht mehr,« stotterte er mit tränenerstickter Stimme.

»Alles ist ok. Dir ist Gott sei Dank nichts passiert. Das ist das Einzige, was zählt«, erwiderte David mit bebender Stimme. »Komm, lass uns nach Hause gehen.«

Der Fahrer des SUV stand neben seinem Wagen, hielt sich am Außenspiegel fest und war gezeichnet von dem Vorfall. Sein Gesicht war aschfahl. David trat auf ihn zu, Andrejs Hand wie in einer Schraubzwinge umklammert.

Der smarte Typ im Business-Anzug blaffte ihn an: »Was sind sie für ein Rabenvater! Ihren Jungen an einer solch gefährlichen Straße unbeaufsichtigt spielen zu lassen. Ihnen müsste man die Vaterschaft entziehen.«

»Es tut mir leid, dass ich nicht besser aufgepasst habe«, entgegnete David kleinlaut. »Das hätte nie passieren dürfen. Ich werde Ihnen meine Adresse hinterlassen, im Fall, dass dies Konsequenzen hätte.«

»Ach was, schnappen sie sich ihren Flegel und verschwinden sie!«

Hinter ihm hupten die ersten Autofahrer entnervt. Er zeigte ihnen den Stinkefinger, stieg in seinen Wagen und brauste los.

David trug Andrej aus dem Gefahrenbereich auf den Gehsteig. Der Knirps krallte sich an Davids Nacken fest. David ließ sich auf eine Bank beim Eingangstor sinken. Seine Beine zitterten.

Erst jetzt wurde ihm die volle Tragweite des Vorfalls bewusst. Andrejs Leben hatte am seidenen Faden gehangen. Dank zahlreichen Schutzengeln lag er nicht schwer verletzt oder tot auf der Straße. Und er, David, wäre schuldig. Er hätte dieses Kind auf dem Gewissen. Katja hatte ihm ihren allerliebsten, einzigen Sohn anvertraut, ihm die Verantwortung für einen fünfjährigen, ungestümen Knirps übertragen. Und bereits in den ersten Stunden hatte er kläglich versagt. Er war der Aufgabe nicht gewachsen. Er war selbstgefällig, wollte dem Jungen mit seiner coolen Art imponieren und seine Zuneigung gewinnen. Er überließ ihm Freiheiten, mit denen ein kleiner Bursche überfordert war. Erwachsen sein aber hieß, Sorge für sich und andere zu übernehmen, bedeutete, unbequeme Entscheidungen im Interesse eines unmündigen Menschen zu fällen. Wie konnte er Katja unter die Augen treten? Wie sollte er sich rechtfertigen?

David nahm neben den Gewissensbissen ein weiteres Gefühl wahr: Empörung. Er war entrüstet über den rabiaten Autofahrer in seinem Panzer, der sich das Recht nahm, verschanzt hinter dickem Blech, alles, was ihm im Wege stand, niederzuwalzen. Weshalb musste ein einzelner Mensch von 80 Kilogramm Gewicht überhaupt mit einem zwei Tonnen schweren Gefährt durch die Stadt kurven? Wer gab ihm das Recht, derart viele Ressourcen zu verschleudern und so viel Platz zu beanspruchen? Toms Verhalten gegenüber Katja mochte unverzeihlich sein, mit seiner Kritik am Individualverkehr lag er dennoch richtig. Dieser unseligen Entwicklung musste man schnellstens Einhalt gebieten.

Als David mit Andrej die Wohnung betrat, war Katja schon zurück von der Arbeit. Sie saß am Küchentisch und blätterte in einer Mode-Zeitschrift. Auf dem Herd brutzelte es und duftete köstlich nach einem Kompott mit Vanillepudding.

Andrej stürmte in die Arme seiner Mutter.

»Mama, Mama«, rief er, »fast wäre ich von einem Auto überfahren worden.«

Katjas Wangen, die vorher zartrosa schimmerten, verloren abrupt ihre Farbe und wurden fahl. Ihre Augen weiteten sich vor Schreck. Sie schlug die Hände vors Gesicht und starrte David ungläubig an.

David hätte sich am liebsten umgedreht und wäre wie ein geschlagener Hund davongeschlichen. Aber er stellte sich dieser schwierigen Situation. Er beschrieb ihr in einem kurzen Abriss den Tag. Dann schilderte er ihr das Wettrennen. Er habe nicht bedacht, dass man einen Fünfjährigen permanent überwachen müsse. Er sei sich der Gefahr nicht bewusst gewesen. Im Übermut habe der Junge nicht mehr gebremst und sei auf die Straße direkt vor ein Auto gerannt.

Wie knapp der Abstand zwischen Andrej und der Kühlerhaube am Ende war, ließ David bei seiner Schilderung aus. Es reichte, dass Katja zitterte und ihr Tränen hinunterrannen. David trat zu ihr und strich ihr beruhigend übers Haar.

Andrej verkündete in seiner erfrischenden Art: »Mama, du musst nicht weinen. Dem Auto ist ja nichts passiert.« Schluchzend und lachend klammerte sie sich an ihren Jungen. Am liebsten hätte sie ihn nie wieder losgelassen.

Im Anschluss ans Abendessen kippte Andrej todmüde ins Bett. Katja las ihm die Geschichte von »Pettersson und Findus« vor. Nach zwei Seiten fielen Andrej die Augen zu.

David hatte vor, heute Abend in seine Wohnung zurückzufahren. Er wollte der kleinen Familie Ruhe gönnen. Er sah sich nach den Ereignissen des Tages als Störenfried. Er begann seine Sachen zusammenzusuchen.

Katja tauchte in der Türe auf. Sie schaute ihm einen Moment wortlos zu, dann sagte sie: »Bleibe bitte hier. Ich möchte heute Abend nicht alleine sein.«

»Ich würde liebend gerne bei dir übernachten. Du bedeutest mir viel. Ich denke aber, Tom wäre damit nicht einverstanden.«

»Das spielt keine Rolle mehr«, meinte Katja. »Wir haben uns vor einem halben Jahr getrennt. Tom hat zwar die Trennung noch nicht überwunden. Darum giftet er ab und zu gegen mich. Wir hatten nicht zusammengepasst. Wir waren wie Dynamit. Er explodierte wegen jeder Kleinigkeit. Er nervte sich, wenn ich, wie eben, in einer Modezeitschrift blätterte. Er meinte, das sei ein dekadentes Verhalten. Diese magersüchtigen, hohlen Models seien keine Inspiration. Und sinnentleerter Kleider-Konsum sei eine der Ursachen für die Zerstörung unserer Welt. Es ärgerte ihn, wenn ich den Versammlungen der ›grünen Bewegung‹ fernblieb. Er warf mir vor, egoistisch zu sein und mich zu wenig für die ökologischen Anliegen einzusetzen.«

Während Katja redete, rutschte sie auf dem Sofa langsam näher zu David. Schließlich streiften sich ihre Schultern. David saß reglos da und wagte nicht, Katja anzusehen. Erst als ihre Finger zärtlich über seine Stirn und Schläfe strichen, drehte er sich ihr zu. Er lächelte sie an. Sein Mund suchte behutsam ihre Lippen. Sanft, wie der Flügelschlag eines Schmetterlings, berührte er diese. Katja wich ihm nicht aus, sondern erwiderte sein Werben. Ihre feingliedrigen Hände umschlangen seinen Nacken und vergruben sich in seinem dichten Haar.

Sie ließen sich aufs Sofa gleiten, das zu schmal für sie beide war. Katja erhob sich, breitete auf dem Boden eine Decke aus und legte ein Kissen drauf. Im fahlen Mondlicht, das durch die Bäume vor dem Fenster drang, konnte David sehen, wie Katja sich aus Pullover, Hose, BH und Slip schälte. Ihre schlanke Silhouette und ihr wohlgeformter, straffer Busen zeichneten sich wie ein Scherenschnitt gegen die Fensterscheibe ab und erregten ihn. Ihre Haut war blass, ebenmäßig und duftete nach einem Hauch Veilchen.

Sie trat auf David zu, öffnete die Knöpfe seines Hemdes und streichelte zärtlich über seine muskulöse Brust. David vergrub sein Gesicht in ihre nach erntereifen Orangen duftenden Haare. Er entledigte sich rasch seiner restlichen Kleider. Er hob Katja hoch, als ob sie eine Feder wäre, ließ sie sanft auf die Decke gleiten und legte sich zu ihr. Zuerst behutsam, dann zunehmend ungestümer, wie zwei ausgehungerte Kreaturen, verschmolzen ihre Körper.

Am nächsten Morgen kitzelten die ersten Sonnenstrahlen David wach. Er zog seinen tauben Arm unter Katjas Nacken hervor. Sie schien tief zu schlafen. Sie atmete gleichmäßig und kaum hörbar. Er genoss es, sie unbemerkt zu betrachten. Ihre Haare lagen wie ein Fächer drapiert auf dem Kissen. Ihre Lider mit den langen, gebogenen Wimpern zuckten im Traum. Die Decke war verrutscht und David erblickte den Ansatz ihrer straffen Brüste. Sie hoben und senkten sich sanft.

Er war vernarrt in den Schönheitsfleck auf ihrer Oberlippe, der einen neckischen Kontrast in ihr harmonisches Gesicht zauberte. Katja war eine bildhübsche, begehrenswerte Frau. David konnte sein Glück kaum fassen, hier an ihrer Seite zu liegen. Es erschien ihm unwirklich. Erst zwei Tage war es her, dass er ihr begegnet war. Es dünkte ihn, sie kannten sich seit Ewigkeiten. Er hatte tiefes Vertrauen in sie.

Als ob sie seine Blicke auf ihrer Haut gespürt hätte, schlug sie ihre Augen auf. Sie betrachtete ihn nachdenklich, lächelte und küsste ihn zärtlich auf seine lange Nase. »Komm, lass uns etwas anziehen, bevor Andrej auftaucht«, meinte sie.

11

Tom hatte das Treffen der »grünen Bewegung« nach dem Streit mit Katja hastig verlassen, ohne sich von den anderen zu verabschieden. Seine Schläfen pochten vom Alkohol und vor Wut. Er wünschte nichts sehnlicher, als eine Schmerztablette einzuwerfen und sich unter die Decke zu verkriechen.

Er war stinksauer auf David, diesen Langweiler, diesen Bauerntrampel. Wie konnte er es wagen, sich bei seiner Freundin einzuschleimen? Das war ein totaler Vertrauensbruch. Ein wahrer Freund tat sowas nicht. Waren sie überhaupt befreundet? Lebten sie nicht vielmehr in einer Zweckgemeinschaft, um sich Kosten und alltägliche Aufgaben zu teilen?

Sie hatten zweifelsohne unterschiedliche Charaktere: Er, Tom, war der Macher, der die anderen mitzureißen und für eine bedeutende Sache zu gewinnen vermochte. David hingegen war ein Zauderer, der im Wolkenkuckucksheim seiner schöngeistigen Bücher lebte. Er begriff jede Menge über die Zusammenhänge der Welt, das gestand Tom ihm neidlos zu. Er war belesen und breit aufgestellt. Beim geringsten Gegenwind dagegen, versagte David und strich die Segel. Auf ihn war kein Verlass. Mit einem solchen Partner stand man nicht Schulter an Schulter, um zu kämpfen. Er war ein Feigling, ein Hosenscheißer.

Im Gymnasium hatte er für David dauernd die Kohlen aus dem Feuer geholt. Als sie damals ihrem nervtötenden Musiklehrer, Herrn Knecht, einen Streich spielten, versagte David kläglich.

Sie hatten die Absicht, einen Wecker in einen Wandschrank einzuschließen. Dieser sollte während des Unterrichts zu schellen beginnen. Der Schrank war zugesperrt und der Schlüssel steckte in Davids rechtem Hausschuh. Nachdem es zu läuten begann, stürzte der Lehrer zum Schrank und rüttelte ungestüm, doch erfolglos an der Türe. Der Wecker schellte eine gefühlte Ewigkeit. Niemand stoppte das marternde Klingeln.

Mit hochrotem Kopf hastete Herr Knecht durchs Klassenzimmer, stellte sich vor sein Pult, erhob seine Faust und ließ sie derart heftig aufs Lehrerpult krachen, dass es wie Kanonendonner dröhnte, die Musikbücher hochschnellten und auf den Boden knallten.

Er schrie: »Wo zum Teufel ist dieser verdammte Schrankschlüssel?«

Sie hatten beide nicht mit einem solchen Tobsuchtsanfall ihres ansonsten laschen, stinklangweiligen Musiklehrers gerechnet. Währenddessen bei David der Angstschweiß aus allen Poren drang, verfolgte Tom stoisch die Szene wie ein Forscher, der einen Hirschkäfer seziert.

Unversehens fasste sich der Lehrer mit schmerzverzerrten Zügen an die linke Brust. Seine Gesichtsfarbe wechselte von puterrot zu bläulich. Er schnappte wie eine Forelle auf dem Trockenen mehrmals nach Luft und sackte auf seinen Stuhl.

David und zwei weitere Schüler stürzten zu ihm.

»Herr Knecht, geht's ihnen nicht gut?«, erkundigte sich David besorgt.

Er ergriff das rechte Handgelenk des Lehrers, nahm aber keinen Puls mehr wahr. Zu dritt legten sie ihren Lehrer auf den Boden. Vor längerer Zeit hatte David in einer Dokumentation gesehen, dass man in kurzen Intervallen den Brustkorb pressen müsse, dies im Wechsel mit einer Mund-zu-Mund-Beatmung.

Zu seinem Freund gewandt schrie er: »Tom, du hast ein Handy? Ruf die Sanität!«

Tom zog in aller Ruhe sein Mobiltelefon aus dem Schulranzen und wählte den Notruf. Dabei konnte er sich ein Lächeln nicht verkneifen. Der ganze Aufruhr schien ihm absolut bizarr. Während der stumpfsinnige Lehrer mit dem Tod rang, kämpfte David, der Urheber dieses Schlamassels darum, ihn vor dem Sensenmann zu retten.

Herr Knecht hatte einen schweren Herzinfarkt erlitten. Dank Davids beherzter Reaktion schafften es die Mediziner im Spital, den Pädagogen zurück ins Diesseits zu holen. Den Rat der Ärzte, das Rauchen und den stressigen Job an den Nagel zu hängen, setzte er im Nu in die Tat um. Von diesem Moment an war Herr Knecht an der Schule Geschichte. Der Musikunterricht fiel wochenlang aus, was Tom absolut nicht bedauerte.

Das Ganze hatte ein Nachspiel. David und Tom mussten vorm Direktor antraben. Irgendjemand hatte gepetzt. Der Rektor hatte Kenntnis vom Vorfall mit dem Wecker, die Rädelsführer dagegen schienen ihm unbekannt. Nun wollte er den beiden auf den Zahn fühlen. Er legte Schlingen aus. Tom war zu gerissen, in diese Fallen zu tappen. Er blieb cool, mimte den Ahnungslosen, lächelte und wickelte den Rektor um den Finger. David saß stumm und wie versteinert daneben und grinste ab und zu betreten. Sein Kopf lief dabei signalrot an und die Schweißflecken unter seinen Achselhöhlen breiteten sich tellergroß aus.

Dies war dem scharfen Blick des Rektors nicht entgangen. Als sie sich erhoben und aufatmeten, bemerkte dieser beiläufig: »David, könntest du kurz hierbleiben? Ich möchte mit dir noch etwas besprechen.«

Toms Nerven lagen blank, derweil er vor dem Büro des Schulleiters auf einem Stuhl ausharrte und nicht ins Geschehen eingreifen konnte. Er knackte mit seinen Fingerknöcheln und wippte mit dem Fuß, bis die Sekretärin ihm einen frostigen Blick zuwarf. Als sich die Bürotür öffnete und David mit verheulten Augen im Türrahmen erschien, wurde Tom schlagartig klar, dass es dem Rektor gelungen war, das schwächste Glied der Kette zu knacken.

David hatte sich als Urheber dieses üblen Streiches bekannt. Zur Strafe mussten er und Tom in den Ferien zwei Wochen dem Hauswart zur Hand gehen. Der Rektor fügte noch an, die Sanktion falle nicht härter aus, da David durch seine heldenhafte, selbstlose Intervention das Leben des Lehrers gerettet habe.

An diese haarsträubende Geschichte erinnerte sich Tom auf der Fahrt nach Hause. In der Wohnung durchwühlte er zuerst den Badezimmerschrank nach einem Schmerzmittel. Er fand ein seit einem Jahr abgelaufenes Paracetamol. Er betrat die Küche. Dort stand eine angebrochene Flasche Gin auf der Küchenablage. Er warf drei Tabletten ein, spülte sie mit einem kräftigen Schluck Schnaps hinunter, zog sich die Schuhe aus, schmiss sich in den Straßenkleidern aufs Bett und versank augenblicklich in einen komatösen Schlaf.

Als Tom erwachte, stand die Sonne hoch am Himmel und heizte das Zimmer durch die Scheibe auf. Sein Kopf hämmerte nach wie vor. Sein T-Shirt klebte auf seiner Haut und roch säuerlich. Seine Zunge hatte einen pelzigen Belag. Zuerst warf er die Kaffeemaschine an und stellte sich dann minutenlang unter den eiskalten Duschstrahl. Er seifte Haare und Körper ein und rasierte seine dürftigen Bartstoppeln mit der Klinge. Langsam kehrten die Lebensgeister zurück und er kam sich wieder wie ein menschliches Wesen vor.

Er trank seinen Kaffee schwarz, toastete zwei Brotscheiben und checkte seine Whatsapp-Nachrichten. Keine Mitteilung von Katja. Einzig Carl, diese Nervensäge, erkundigte sich nach seinem gestrigen abrupten Abgang, wie es ihm gehe. Hier erübrigte sich eine Antwort. Er überflog gedankenverloren die News auf den Social-Media-Kanälen.

Wo zum Henker blieb David? Heute hatte er keine Vorlesungen. Für gewöhnlich saß er um diese Zeit im Wohnzimmer und war vertieft in eines seiner psychologischen Bücher. Tom hielt nichts von diesem Psycho-Gelaber. Begriffe wie Neurosen, Empathie, Über-Ich gingen ihm auf den Sack.

Sporadisch versuchte David, ihm etwas aus seinen Lehrveranstaltungen zu erörtern. Tom hörte jeweils nur mit einem Ohr zu und schweifte in Gedanken ab. Im Gegensatz zu David glaubte er nicht, dass Menschen als unbeschriebenes Blatt auf die Welt kämen und einzig durch Eltern und Gesellschaft geformt würden. Er selber war in einem wohlbehüteten Umfeld aufgewachsen. Es hatte ihm materiell an nichts gefehlt. Seine Eltern waren beruflich stark eingespannt und oft auf Reisen. Wechselnde Kindermädchen kümmerten sich um ihn. Er hätte sich erhofft, sein Herz in schweren Momenten bei seiner Mutter ausschütten zu dürfen. Leider hatte sie kaum Zeit für ihn und war stets auf dem Sprung.

Dafür lasen die Eltern ihm jeden vermeintlichen Wunsch von den Lippen ab. Als Erster der gesamten Schule erhielt er ein iPhone. In modischen Belangen war er der Trendsetter der Klasse, sei es, dass er die teuersten Nike-Schuhe oder die angesagtesten Jeans trug.

Im Gymnasium bewunderte man ihn. Er stand meist im Mittelpunkt. Obwohl er wegen seines Rotschopfs, der Sommersprossen und des gedrungenen Wuchses nicht als Beau galt, strahlte er eine Mischung aus Verwegenheit und Nonchalance aus, die die Mädchen der Schule fesselte. Er blieb nie lange ohne Partnerin, falls wieder eine seiner kurzlebigen Beziehungen in die Brüche ging.

Auch bei den Jungs war er beliebt. Bei seinen Scherzen lachten sie am lautesten, und in den Pausen scharte sich jeweils ein Pulk von Mitschülern um ihn. Anfangs Semester gab es regelmäßig ein Gerangel, wer neben Tom sitzen durfte. Man schaute zu ihm auf, geliebt wurde er nicht.

David war anders: Er war kein Kämpfer, der sich mit dem Zweihänder hinstellte und einen Angriff konterte. Sofern er allerdings eine Auffassung vertrat, kämpfte er dafür und ließ sich nicht beirren. Er stand für eine Sache ein, ungeachtet der Konsequenzen, die dies für seine Person hatte. Es war ihm gleichgültig, wie andere über ihn urteilten. Auch wenn sie mit ihm nicht einer Meinung waren oder sich von ihm abwendeten: Er bedurfte ihres Beifalls, ihres Wohlwollens nicht.

Diese innere Kraft, diese Prinzipientreue und Gradlinigkeit bewunderte Tom an ihm. Gleichzeitig befand sich hier Davids Achillessehne. Es erschloss sich ihm nicht, unter welchen Bedingungen es sich lohnte, kompromissbereit zu sein. Er verstand nicht, wann mit Fingerspitzengefühl oder Diplomatie der Erfolg winkte, und unter welchen Umständen man sein Ziel auf direktem Wege ansteuern musste. Er hatte nie begriffen, wie formbar Menschen waren, zu welcher Knetmasse sie in den geschickten Händen eines Manipulators wurden.

Tom nervte der ganze Hype um seine Person. Tief im Innersten verachtete er all die Schleimer, die Opportunisten, die aus Bequemlichkeit und Phantasielosigkeit einen Anführer benötigten, die erhofften, dass ein Hauch Glanz auf sie fiele, wenn sie zu seiner Entourage gehörten. Trotz all dieser Menschen, die ihm zur Seite standen, ihn unterstützten oder zu ihm aufsahen und ihm dadurch ideale Lebensumstände ermöglichten, haderte er mit seinem vermeintlich verpfuschten Dasein. Hinter seiner coolen, jovialen Fassade gärte und rumorte es. Er wünschte sich, seine belanglose Existenz abzustreifen und in dieser Welt Fußstapfen zu hinterlassen. Er wähnte sich zu Höherem, Unvergänglicherem berufen.

Tom schlich sich zu Davids Zimmer. Er lauschte an der Türe. Einen Moment lang hielt er den Atem an. Von drinnen vernahm er keinen Laut. Er klopfte. Keinerlei Reaktion. Er drückte auf die Türklinke und spähte in den Raum. Das Bett war leer und das Bettzeug unbenutzt.

Tom war verwundert. Er hatte keine Ahnung, wo David die Nacht verbracht haben könnte. Es gab keine Freunde oder Verwandten in der Stadt. Außer Tom kannte er niemanden näher. Womöglich hatte er sich nach dem gestrigen Streit in ein Hotelzimmer verkrochen, um ihm nicht über den Weg zu laufen. Jedoch besaß David, im Gegensatz zu ihm, nicht genügend Bares, sich solcherlei leisten zu können.

In Tom fraß sich ein ätzender Gedanke fest. War es denkbar, dass David die Nacht bei Katja verbracht hatte? Sie hatten ja kurz hintereinander das Lokal verlassen. Womöglich lief zwischen den beiden etwas, ohne dass er es mitbekommen hätte. War am Ende David der Auslöser für Katjas Trennung?

Tom wollte Klarheit. Er zog sich rasch Schuhe und Jacke an und fuhr mit der Straßenbahn zu Katjas Wohnung. Er hatte keine exakte Vorstellung, was er dort antreffen würde. Er war aufgewühlt und in Gedanken versunken. Er bemerkte den stämmigen Fahrkartenkontrolleur erst, als dieser sich breitbeinig vor ihn hinpflanzte und in barschem Ton sagte: »Fahrkarte bitte!«

Tom hatte sein Abo zu Hause liegen lassen. Der Blick und die Haltung des Beamten zeugten aber davon, dass dieser weder vorhatte, sich auf eine Diskussion einzulassen, noch ihm Ausflüchte abzunehmen. Tom unterließ es deshalb, ihn gnädig zu stimmen. Er schluckte seinen Unmut runter, zückte seinen Geldbeutel, zog eine Hunderternote hervor und überreichte sie dem perplexen Kontrolleur mit den Worten: »Gönnen Sie sich einen netten Tag.«

Tom traf in dem Moment vor Katjas Wohnung ein, als David mit Andrej an der Hand aus dem Haus trat und die Straße Richtung Park überquerte. Tom versteckte sich rasch hinter einer Litfaßsäule, um nicht entdeckt zu werden. Auf der anderen Straßenseite erblickte er Katja am offenen Fenster, wie sie den beiden nachwinkte. Es war für ihn bitter, sie derart unbekümmert und gelöst dort stehen zu sehen. Nun hatte er den Beweis, dass die zwei ein Paar waren. Wie hatte er dies die ganze Zeit übersehen können? Er schien blind und taub gewesen zu sein.

Katja schloss das Fenster. Tom schlich den beiden nach, die Deckung der Büsche und Bäume ausnutzend. David und Andrej schienen sich gut zu verstehen. Sie alberten herum, wälzten sich im Gras und David warf den Jungen in die Luft. Tom hatte bereits früher mitbekommen, dass sein Freund ein gutes Händchen für Kinder hatte.

Er selber hatte nie einen Draht zu diesen Rabauken gefunden. Sie waren ihm zu zappelig und unberechenbar. Andrej hatte während Toms Beziehung zu Katja dessen Abneigung zu Kindern gespürt. Er hielt sich auf Distanz zu Tom. Er hatte kaum je Lust, mit ihm zu spielen oder durch den Park zu streifen. Bei diesem Bengel hatte seine Charmeoffensive kläglich versagt. Umso mehr schmerzte es ihn, zu beobachten, wie lebensfroh und ungestüm Andrej sich bei David gab und wie er dessen Nähe suchte. Tom hatte genug gesehen. Er wollte weg, sich besaufen, seinen Frust runterspülen und all den Mist vergessen.

Auf dem Heimweg kaufte er in einem Laden zwei Flaschen zweitklassigen italienischen Landwein. Er setzte sich ans Rheinufer und leerte die Erste in einem Zug. Er legte sich ins Gras. Die Spaziergänger, die vorüberschlenderten, vermuteten, einen Penner vor sich zu haben. Sie machten entweder einen Bogen um ihn oder blieben kopfschüttelnd und angewidert stehen. Dies war ihm gleichgültig. Er bleckte sie herausfordernd an. Die Landschaft um ihn herum kreiste wie auf einem Karussell und er fühlte sich dabei allmählich entspannter und überlegener. Er öffnete die zweite Flasche und leerte auch diese im Handumdrehen. Eine bleierne Müdigkeit übermannte ihn.

Als er aufwachte, war es finster und die Straßenlaterne der nahen Brücke tauchte den Wiesenstreifen in ein gelbes, fahles Licht. Bis auf eine Handvoll Autos, deren Rauschen man aus der Ferne vernahm, war es still. Keine Seele schien mehr zu dieser späten Stunde am Rhein unterwegs zu sein.

Tom fröstelte und es war ihm elend zumute. Die Rotweinflaschen lagen ausgeleert im Gras. Er versuchte, aufzustehen, verlor sein Gleichgewicht und kippte vornüber. Beim zweiten Anlauf gelang es ihm leidlich. Er lehnte sich an das Treppengeländer, das zur Straße führte. Sein Magen rebellierte. Brechreiz schüttelte ihn. Er kotzte den ganzen roten Saft, den er in sich hineingekippt hatte, in einem Schwall wieder aus. Sein Bauch krampfte, bis er bitteren, gelben Gallensaft spie, farblich der Beleuchtung der Straßenlampe ähnlich. Er schaffte es irgendwie, zur nächstgelegenen Tramhaltestelle zu taumeln und nach Hause zu kommen.

12

Toms Tage waren ausgefüllt mit Chemie-Vorlesungen, Lernen für die Prüfungen, Essen besorgen und zubereiten. Seit David sich davongestohlen hatte und bei Katja und ihrem Bengel lebte, hatte Tom selber für sein Wohl zu sorgen. Es waren Davids Kochkünste, die er schmerzlich vermisste.

David war vor ein paar Tagen, während Tom eine Lehrveranstaltung besuchte, vorbeigekommen und hatte seine bescheidenen Habseligkeiten zusammengepackt. Der Schrank in seinem Zimmer war leergeräumt und im Badezimmer hatte er seine persönlichen Utensilien wie Rasierer, Zahnbürste und Duschzeug mitgenommen. Einzig ein Zettel lag auf dem Küchentisch. Darauf stand in Davids kaum leserlicher Handschrift: »Ich ziehe aus. Ich kann nicht anders. Es tut mir leid. Alles Gute. David.«

Er gab keinen Grund an, weshalb er überstürzt die gemeinsame Wohnung verlassen hatte. Und mit keiner Silbe erwähnte er, dass er bei Katja einziehen würde. Tom fühlte sich zum zweiten Mal innerhalb kürzester Zeit verraten, im Stich gelassen, über Bord geworfen wie ein langweiliges, ausgedientes Spielzeug. Weshalb tat dieser Kerl ihm das an? Zuerst die Freundin ausspannen und ihn danach in diesem Loch mutterseelenalleine hängenlassen. Das konnte er nicht billigen.

Beim nächsten Treffen der »grünen Bewegung« tauchten weder Katja noch David auf. Bei dieser Versammlung wurde die Großdemonstration gegen den Autoverkehr am Samstag in der Innenstadt geplant. Aus allen Landesteilen erwarteten sie Teilnehmer. Die Veranstalter rechneten mit tausenden von Demonstranten. Es galt, sich mit Behörden und Polizei über das Sicherheitskonzept und die Marschroute zu einigen.

Diese Lappalien interessierten Tom nicht. Er traf sich in einem Nebenraum mit einem Grüppchen Gleichgesinnter und besprach Strategien, wie sie durch gezielte Nadelstiche die Polizeibeamten auf Trab halten konnten.

Das gesittete Demonstrieren überließ er lieber Schlappschwänzen wie Carl, kreuzbraven Familien sowie Gruftis. Sollten diese in ihrer Naivität und Selbstgerechtigkeit weiterhin ans Gute im Menschen glauben und hoffen, bei den Politikern eine Gesinnungsänderung mit friedlichen Mitteln zu bewirken. Für Tom war der Zeitpunkt überfällig, das System mit all seinen jämmerlichen Auswüchsen ins Mark zu treffen. Diese Demo diente als Zug, auf den er mit seinen Kumpanen aufsprang, um ihrer Vision einer besseren Welt näherzukommen.

Am Tag der Demonstration hatte sich Tom mit seinen Komplizen um 13.30 Uhr verabredet. Sie trugen alle schwarze T-Shirts oder Hoodies sowie dunkle Hosen. Jeder hatte ein Tuch als Mundschutz und eine Sonnenbrille mit dabei.

Um 14 Uhr war die Menschenmenge, die sich über den Claraplatz und die umliegenden Straßen ergoss, abmarschbereit. Tom und seine Kameraden marschierten in der vordersten Reihe mit. Sie trugen Transparente mit der Aufschrift »Antifaschistische Aktion«. Darauf waren eine schwarze und rote Flagge gezeichnet. Der Zug bewegte sich über die mittlere Brücke Richtung Spiegelgasse.

Tom entdeckte vereinzelt Polizisten in den Nebenstraßen. Sie sahen desinteressiert oder gelangweilt aus. Ihr Auftrag war es, im Falle von Ausschreitungen deeskalierend einzugreifen. Von diesen Memmen hatten sie heute nichts zu befürchten. Als die Gassen enger und die beschaulichen Läden zahlreicher wurden und keine Gesetzeshüter mehr zu sehen waren, zückte Toms Kollege rechts von ihm aus seiner Umhängetasche eine rote Farbspraydose und sprayte zügig in Großbuchstaben »ACAB« auf eine historische Sandstein-Fassade. Eingeweihte wussten, dass dies die Abkürzung für »All Cops Are Bastards« war. Ein paar Meter weiter sprühte ein Zweiter »fuck the police« mit blutroter Farbe über das Schaufenster einer Kleiderboutique. Einige umstehende Demonstranten maulten. Einer rief, sie sollten diesen Scheiß lassen. Das habe mit ihrer Sache nichts zu tun und schade ihrem Anliegen. Tom ließ das kalt. Er grinste überheblich zurück. Als das Gebäude einer ortsansässigen kleineren Bankfiliale auftauchte, packte Tom den faustgroßen Stein, den er in seiner Jackentasche verborgen hielt und schleuderte ihn mit voller Wucht gegen die Glastür, die explosionsartig zerbarst.

Augenblicklich entstand Bewegung im Umzug. Wie aus dem Nichts tauchten zwei Dutzend Polizeigrenadiere in Kampfmontur, geschützt durch Helme, Visiere und schusssichere Westen auf. Tom und seine Kumpane reagierten flugs. Sie entledigten sich ihrer Transparente und türmten durch eine Seitengasse. Sie waren flinker und wendiger als die schwer bepackten Polizisten.

Sie näherten sich dem Ende der engen Gasse und wollten über den angrenzenden Platz in alle Himmelsrichtungen flüchten. In diesem Moment schoben sich, wie durch Geisterhand, zwei Mannschaftswagen der Polizei quer über das Sträßchen und versperrten ihnen den Fluchtweg. Aus den vergitterten Transportfahrzeugen stürmte eine Handvoll Grenadiere und riegelte anhand von Kordons die Route ab. Für Tom und seine

116

Spießgesellen gab es kein Vor und Zurück mehr. Sie waren eingekesselt und zappelten wie Fische im Netz. Durch das Megaphon erklang die Durchsage: »Bleiben Sie stehen und legen Sie alle Gegenstände, die Sie auf sich tragen, auf den Boden.«

Mittlerweile hatten die verfolgenden Grenadiere aufgeschlossen und bildeten einen Zirkel, der sich immer enger um die Demonstrierenden zusammenzog. Tom erkannte, dass sie in eine Falle getappt waren. Jeder Gedanke an Flucht oder Widerstand war zwecklos. Eine Stimme kommandierte, sie sollten sich auf den Boden setzen und die Hände hinter dem Rücken verschränken. Handschellen klickten.

In diesem Augenblick erspähte Tom, wie im Demonstrationszug David und Katja händchenhaltend vorbeizogen. Auf Davids Schultern thronte dieser Bastard Andrej. Tom gestand sich ein, dass David ihn in dieser ausweglosen, demütigenden Situation entdeckt hatte. Er wandte seinen Blick rasch ab. Er verspürte an seinen Oberarmen den kräftigen Griff eines Grenadiers, der ihn auf die Beine zerrte und in einen der Transporter bugsierte, wo man seine Personalien aufnahm.

13

Es war ein prächtiger, samtener Frühlingstag. Eines dieser Wochenenden, an denen die Menschen in Scharen ins Freie strömen, um das monatelang entbehrte Sonnenlicht zu tanken. Der Weg dem Rhein entlang war voller Pärchen, Familien und Flaneure. Gruppen von Jugendlichen saßen dichtgedrängt am Flussufer, hörten Musik, tanzten, lachten und schäkerten. Kinder streunten über die Wiesen. Ein Golden Retriever sprang in den Fluss und versuchte, unter Aufbietung seiner ganzen Kräfte, einen Ast hinterher zu schwimmen, den sein Besitzer ins Wasser geschleudert hatte.

Andrej machte sich einen Spaß daraus, seine Mutter und David zu umrunden, während sie Hand in Hand dem Fluss entlang spazierten. Sie waren auf dem Weg zur Kundgebung am Claraplatz. Die »grüne Bewegung« hatte zu diesem Protestmarsch gegen den »automobilen Wahn« aufgerufen. David hatte Katja überredet, gemeinsam ein Zeichen gegen diese Luftverpester zu setzen. Sie hatte bisher niemals an einer Demo teilgenommen. Ihr war anfänglich unwohl. Sie erklärte David, sie fürchte sich vor Ausschreitungen.

David zerstreute ihre Bedenken: »Du musst keine Angst haben. An solchen Demos nehmen Senioren und Eltern mit Kindern teil. Wir könnten ja Andrej mitnehmen.«

Zu dritt mischten sie sich unter die tausenden Demonstranten. Überall schwebten bunte Luftballons. Transparente mit Aufschriften wie »SUV töten«, oder »Monster raus aus der City« wurden in die Höhe gereckt. Alle Altersgruppen waren vertreten. Die Stimmung war friedlich und gelöst. Das Ganze erinnerte an ein Volksfest. Zuvorderst führte ein junger Mann mit langer Mähne die Teilnehmer an. Zwischendurch peitschte er die Masse auf.

»SUV go home!«, schepperte es aus dem Megafon.

Ein vielstimmiger Chor setzte ein und skandierte den Slogan. Katja, David und Andrej marschierten mitten im Pulk mit. Sie genossen es, unter Gleichgesinnten zu sein und einen Beitrag zur Verbesserung des Klimas zu leisten. Andrej durfte auf Davids Schultern reiten und hatte so den Überblick über das wogende Meer aus Köpfen. Er kreischte vor Vergnügen.

Vom Claraplatz ging's über den Rhein in die Altstadt Grossbasels. Kurz hinter dem Marktplatz kam Hektik im Umzug auf. Von rechts stürmte eine Handvoll Polizisten in Vollmontur heran. David konnte nicht ausmachen, wem sie nachjagten. Erst 100 Meter weiter sah er, dass auf einem Schaufenster eines Kleidergeschäfts mit frischer, blutroter Farbe »Fuck the Police« gesprayt war.

Es folgte eine winzige Bankfiliale. Davor lagen überall Scherben einer demolierten Glastüre auf der Gasse verstreut. Auf der gegenüberliegenden Seite standen ein vergitterter Mannschaftswagen und ein Wasserwerfer der Polizei. Der Schauplatz sah martialisch aus. Einzig Andrej quietschte begeistert über die Polizeipräsenz mit all dem schweren Gerät.

Als sie die nächste Querstraße passierten, erhaschte David einen kurzen Blick hinein. Auf dem Boden saß eine Gruppe schwarz gekleideter, zum Teil vermummter Personen, durch ein bewaffnetes Polizeikordon in Schach gehalten.

Der Anblick dauerte nur Sekundenbruchteile. Gleichwohl meinte David, Tom unter den Eingekesselten zu erkennen. Er hatte den Eindruck, dass Tom ihn ebenso entdeckt hatte. Rasch wandte Tom sein Gesicht ab. Wie war es möglich, dass sein bester Freund im Kreis dieser Chaoten kauerte und die Polizei ihn bewachte? Tom mochte zuweilen ein Heißsporn sein. Er war jedoch kein gewalttätiger Mensch. Hier lag sicher ein Missverständnis vor, das sich bald aufklären würde.

David war aufgewühlt, wollte Katja aber nicht damit belasten. Sie war in der Zwischenzeit einsilbig geworden und hatte ihre Fingernägel in Davids Hände gebohrt.

»Komm, lass uns nach Hause verschwinden«, sagte sie. »Mir wird die ganze Sache zu brenzlig.«

14

David hatte diese kurze Begegnung mit Tom an der Demonstration verstört. Die nächsten Tage kreisten seine Gedanken um diesen Vorfall. Es war offenkundig, dass die Polizei Tom geschnappt hatte. Und er musste zu dieser Gruppe von Vermummten gehören, die in der Presse für die Sachbeschädigungen während der ansonsten friedlich verlaufenen Kundgebung verantwortlich gemacht wurde. Laut Zeitung hatte es aus dem Demonstrationszug heraus massiven Vandalismus gegeben. Die Kosten für die Behebung dieser Schäden beliefen sich auf mehrere zehntausend Franken.

Er hatte Tom, seit er ihn kannte, als coolen, der Gewalt abgeneigten Menschen wahrgenommen. Tom war zwar kein Bücherwurm. Eine Zeitlang hatte er sich trotzdem mit der Thematik des gewaltfreien Widerstandes auseinandergesetzt. Er hatte die Biographien von Mahatma Gandhi und Nelson Mandela verschlungen und war fasziniert über deren Wirken und Erfolge. Im Gymnasium wich er jedem Händel aus, bemüht, durch sein diplomatisches Geschick Konflikte beizulegen. Tom, dieser ausgeglichene, friedliebende Mensch, sollte Anhänger einer Chaotenbande sein, die marodierend durch die Stadt zog und vor der Zerstörung fremden Eigentums nicht zurückschreckte? Diese Seite Toms war ihm unbekannt und schien absurd.

David hatte in den letzten Tagen mehrfach versucht, seinen ehemaligen Wohngenossen telefonisch zu erreichen. Er hätte ihm gerne von Angesicht zu Angesicht seine Beweggründe, Hals über Kopf aus der gemeinsamen Wohnung auszuziehen, dargelegt. Er wollte Tom zudem zu seiner Rolle bei der Demo befragen. Alle seine Bemühungen liefen ins Leere.

Drei Wochen nach dem Protestmarsch, als David in der Lehrveranstaltung über Entwicklungspsychologie saß, vibrierte sein Handy. Auf dem Display leuchtete Toms Name auf. Nach der Vorlesung rief David zurück. Beim zweiten Klingelton meldete sich Tom.

»Hallo David«, hörte er ihn am anderen Ende der Leitung schleppend sagen. »Schön, nach so langer Zeit deine Stimme zu vernehmen.«

»Ich wollte mich erkundigen, wie es bei dir läuft«, erwiderte David hölzern. »Ich fände es gut, wenn wir uns zu einem Bier oder Glas Wein treffen und aussprechen.«

»In der Tat!«, meinte Tom barsch. »Zum Beispiel darüber, weshalb du dich wie ein Dieb aus unserer

Wohnung geschlichen hast, oder wie es kam, dass du meine Ex vögelst.« Einen kurzen Augenblick blieb es stumm in der Leitung. Gelassener fuhr Tom fort: »Ok, treffen wir uns Freitag Abend gegen 20 Uhr im Boccalino.«

David hatte Katja gegenüber nichts von Toms Telefonat und der geplanten Begegnung erwähnt. Er gab an, eine schriftliche Arbeit an der Uni zu erledigen, und erst spät nach Hause zu kommen. Sie solle nicht auf ihn warten.

Um 20 Uhr stand er vor dem Lokal. Er war aufgeregt wie bei einem ersten Date. Mehrmals kontrollierte er die Uhrzeit auf seinem Handy. Tom ließ ihn eine halbe Stunde zappeln.

Als er eintraf, war sein Gang schwankend und seine Augen hatten einen glasigen Ausdruck. Tom schien ein paar Kilo zugelegt zu haben und sein Dreitagebart und die zerzausten Haare hinterließen das Bild eines ungezähmten Kerls.

Sie umarmten sich kurz und steif. David nahm einen Anflug von Alkohol in Toms Atem wahr. Nachdem sie sich im Restaurant hingesetzt hatten, bestellte Tom einen halben Liter roten Hauswein. Sie stießen an.

»Sorry, ließ ich dich warten«, sagte Tom lakonisch. »Ich traf einen Kollegen, der mir einen Gefallen schuldete.«

David packte den Stier bei den Hörnern.

»War das einer deiner Kollegen, mit denen ich dich an der Kundgebung gesehen habe?«

Tom lächelte ihn vielsagend an.

»Anscheinend hatten wir den gleichen Gedanken, wie wir die Welt retten könnten. Mir war nicht bewusst, dass du dich politisch engagierst. Ich dachte mir, du hättest an der Versammlung der ›grünen Bewegung‹ einzig teilgenommen, um Katja aufzureißen.«

»Du weißt, dass du Bullshit redest! Ich bin Katja an diesem Abend das erste Mal begegnet. Ich erfuhr erst durch deinen armseligen Auftritt, dass sie diejenige ist, mit der du zu dieser Zeit zusammen warst. Du hast deine Gespielinnen ja dauernd ausgetauscht und ließest dir nie in die Karten schauen. Ich habe dir Katja keineswegs weggeschnappt. Ihr seid längst getrennte Wege gegangen.«

»Ja, wir hatten Schluss gemacht und das war besser so. Wir hatten zu unterschiedliche Ziele. Ich hätte mir nur gewünscht, du hättest mich über eure Romanze aufgeklärt und dich nicht einfach davongeschlichen. Ich stand da wie ein begossener Pudel.«

»Du hast recht, das war feige von mir. Ich war damals völlig durch den Wind und hatte keine Ahnung, wie ich dir mein Gefühlschaos hätte erklären sollen.« Versöhnlicher fuhr Tom fort: »Ich hoffe, ihr macht es in Zukunft besser als Katja und ich. Ihr scheint füreinander wie geschaffen.« Tom hob sein Glas und prostete David zu.

»Was war an dieser Demo los?«, wollte David wissen. »Wieso sah ich dich inmitten schwerbewaffneter Polizisten?«

»Ach, die Bullen haben überreagiert und die Falschen erwischt«, erklärte Tom mit einer wegwerfenden Handbewegung. »Sie notierten meine Personalien. Es stellte sich heraus, dass sie mich grundlos festhielten. Sie entschuldigten sich daraufhin bei mir.«

Tom und David blieben eine weitere Stunde sitzen. Sie gruben Anekdoten aus der Schulzeit aus. Sie lästerten über den dementen Mathelehrer, der bei jeder Klasse die gleichen Tests schreiben ließ, über die zickige Französischlehrerin, die öfters entnervt rief: »Silence, étudiants stupides!«, und Carla, die frühreife Mitschülerin mit den zu üppigen Brüsten, die nichts anbrennen ließ.

Gegen 22 Uhr trennten sie sich. David war durch den Wein und die angeregte Unterhaltung beschwingt wie in den Anfängen ihrer WG-Zeit.

15

Der kurze Frühling wurde nahtlos von einem heißen, trockenen Sommer verdrängt. Mitte Mai waren die Äcker braun und ausgedörrt und wurden bewässert. Wochenlang hatte die Sonne von einem blankpolierten stahlblauen Himmel gestrahlt. David genoss die wolkenlosen Tage und weilte mit Katja und Andrej oft nach der Arbeit und an den Wochenenden draußen. Entweder streiften sie auf Spaziergängen durch den nahegelegenen Jura, derweil David sie mit Vogelstimmen sowie Pflanzennamen vertraut machte oder sie lagen auf einer Wiese in der Badeanstalt am Rhein.

Katjas Teint hatte eine kräftig goldene Färbung angenommen, den Surferinnen an der kalifornischen Küste ähnlich. David fand, sie sehe umwerfend aus. Er liebte es, sie in die Armen zu nehmen und ihr zärtlich den Rücken zu kraulen. Er dagegen ertrug die direkte Sonne kaum. Nach kurzer Zeit färbte sich seine Haut krebsrot und sein Kopf fing an zu hämmern. Zum Schutz schmierte er sich mit einer schützenden Schicht Sonnencreme ein, setzte einen Panamahut auf und verbrachte die intensivsten

Sonnenstunden im Halbschatten, wo er mit Andrej rumalberte. Wenn sie erschöpft und verschwitzt waren, kühlten sie sich im Wasser ab.

David durchlebte unbeschwerte Tage. Er blühte in Katjas Gesellschaft auf und fühlte sich unbekümmert und lebendig. Ihre Beziehung erreichte zunehmend eine Tiefe, die auf Offenheit und Vertrautheit basierte. Abends, nachdem Andrej jeweils erschöpft von all den Eindrücken und Unternehmungen ins Bett sank und im Nu einschlief, saßen sie bei einem Glas Wein im Salon und unterhielten sich. Katja erzählte ihm aus ihrem Arbeitstag als medizinische Masseurin, von ihren nervenden, anspruchsvollen Klienten. David im Gegenzug berichtete ihr von seinen Vorlesungen.

Katja war eine aufmerksame, wissbegierige Zuhörerin, die nachfragte und den Begebenheiten auf den Grund ging. Wenn David Belastendes erlebt hatte, er still und in sich gekehrt war, erkundigte sie sich am folgenden Abend bei ihm, wie er das Problem gelöst habe.

David fiel das Reden über sich, seine Motive und Gefühle nie leicht. Zum einen stand er nicht gerne im Mittelpunkt. Zum anderen hatte er Angst, sich eine Blöße zu geben und angreifbar zu machen. Vor Katja hatte er keine Hemmungen. Bei ihr öffnete er sich und wagte, ihr sein Innerstes preiszugeben.

Er hatte ihr an einem dieser friedlichen Abende über das zerrüttete Verhältnis zu seinem Vater erzählt.

Er offenbarte ihr, dass er den Kontakt zu ihm abgebrochen habe, dies jedoch bedaure und er ihm sehr fehle. Katja erfuhr ebenso vom Unfalltod seiner Mutter, für den sein Vater verantwortlich gewesen sei und der seinen Vater fürs Leben gezeichnet habe. Er hatte ihr zudem seine belastende Zeit als Ministrant und den Missbrauch durch den Pfarrer anvertraut, etwas, das er bisher keinem Menschen gegenüber offenbart hatte. Dieser Schritt fiel ihm äußerst schwer, da er all die Jahre das Gefühl hatte, beschmutzt und mitverantwortlich an diesen Übergriffen zu sein. Katja hörte ihm schweigsam und aufmerksam zu, nickte stellenweise und schaute ihn zärtlich und verständnisvoll an. Sie ließ sich nie zu einer gehässigen Bemerkung hinreißen, ebenso wenig verurteilte sie jemanden.

In einem Punkt war er Katja gegenüber nicht offen: Er verschwieg ihr, dass er sich ein paarmal mit Tom getroffen hatte.

An einem dieser heiteren Wochenenden schlug Katja vor, zu zweit einen Ausflug in Davids Heimat zu unternehmen. Sie meinte, man könne ja Davids alten Herrn besuchen. Sie würde seinen Vater gerne persönlich kennen lernen und sich einen Eindruck von ihm verschaffen. Anschließend könnten sie bei Susanne vorbeischauen. David hätte während seiner ersten Zeit am Gymnasium zu ihr ja Zutrauen gefasst und sie als eine Art Ersatzmutter in sein Herz gelassen.

David lehnte Katjas Vorschlag ab. Für ihn lag dieses Leben zu weit zurück in einem unwirklichen Nebelschleier. Zu seinem Vater hatte er die letzten Jahre einzig wegen der finanziellen Unterstützung Kontakt. Und Susanne hatte er vor vier Jahren aus den Augen verloren.

Nach seinem Wegzug von zu Hause hatte er etwa alle sechs Monate in ihrem verwunschenen gelben Häuschen vorbeigeschaut. Sie bereitete ihm jeweils Lasagne oder seine Lieblingsspaghetti zu. Dann saßen sie in der winzigen, anheimelnden Küche und tauschten sich über ihren Alltag, über die Liebe und das Älterwerden aus. Als die Spannungen mit seinem Vater zunahmen und seine Besuche zu Hause spärlicher ausfielen, suchte er auch Susanne seltener auf. Sie schrieben sich stattdessen längere Mails, die allmählich zu gerafften SMS schrumpften und letztlich versiegten.

Katja ließ nicht locker. Die folgenden Wochen brachte sie das Thema hartnäckig aufs Tapet. Am Ende gab David klein bei. Katja fiel ihm freudestrahlend um den Hals.

»Endlich erfahre ich, woher dieser mysteriöse David stammt!«

Andrej protestierte, als Katja ihm eröffnete, diesen Ausflug nur zu zweit zu unternehmen und ihn bei seiner Oma abzuliefern. Sein Widerstand ließ jedoch rasch nach. Er liebte seine Großmutter innig. Bei ihr konnte er sich einiges erlauben, was Katja zu Hause untersagte. Sie saßen oft gemeinsam vor dem Fernseher und schauten länger, als es für einen Fünfjährigen angemessen war, Serien und Tierfilme.

Am Vortag plante David den Ausflug per Bus und Bahn, was in Anbetracht der sonntäglich ausgedünnten Verbindungen kein einfaches Unterfangen war. Katja missfiel die Vorstellung, sich in überfüllte Züge und Busse zu setzen, viermal umzusteigen und drei Stunden Fahrzeit einzurechnen. Sie hatte sich ausgemalt, mit ihrer betagten ›Ente‹, die in letzter Zeit zumeist in der Garage stillstand, mit geöffnetem Verdeck über die Landstraße zu gondeln, neben sich ihren Liebsten auf dem Beifahrersitz.

Katjas Vorschlag, den Ausflug mit dem Auto, statt dem öffentlichen Verkehr zu unternehmen, führte zur ersten Unstimmigkeit in ihrer Beziehung.

David mäkelte: »Ich möchte nicht aus purer Bequemlichkeit zur weiteren Umweltzerstörung beitragen!«

Er rechnete den CO_2-Verbrauch der beiden Transportmittel gegeneinander auf, was klar zu Gunsten des öffentlichen Verkehrs ausfiel.

»Ich ahnte nicht, dass du so ein Erbsenzähler bist«, spöttelte Katja. »Wir sind jung und leben nur einmal. Wir dürfen uns eine kleine Freude gönnen.«

Das brachte David in Fahrt.

»Das ist das Problem! Die meisten denken so egoistisch und hinterlassen riesige ökologische Fußabdrücke. Wir verbrennen Kohlenstoffe in unseren übermotorisierten, tonnenschweren Blechkisten und heizen die Erde dadurch immer stärker auf und irgendwann ersaufen in der Südsee die Menschen.«

David hatte sich in Rage geredet. Seine Augen blitzten und sein Mund war wutverzerrt. Katja hatte ihn noch nie derart empört erlebt. In diesem Moment hatte David große Ähnlichkeit mit Toms verbiesterter Haltung in Umweltbelangen.

Ihr war unbehaglich zumute. Konflikte verunsicherten sie und waren ihr zutiefst zuwider. Sie wollte den Streit beilegen und David beruhigen. Sie trat einen Schritt auf ihn zu, ergriff seine rechte Hand und streichelte ihm über den Handrücken.

»Komm, lass es gut sein. Es lohnt sich nicht, dass wir uns wegen solch einer Lappalie in die Haare kriegen.«

David fand zwar nicht, dass es sich bei diesem drängenden Thema um eine Lappalie handelte, kriegte sich aber langsam wieder ein und ließ sich beruhigen.

Am nächsten Morgen waberte die Missstimmung noch wie ein Hauch abgestandener Luft durch die Wohnung. Beide waren bemüht, den anderen pfleglich zu behandeln und das heikle Thema ruhen zu lassen. Sie mussten jedoch entscheiden, wie sie die Fahrt zu

Davids Bekannten antraten. David probierte, das Eis zu brechen.

»Ich hatte keine Ahnung, dass du einen Ferrari mit Kindersitz besitzt,« neckte er Katja.

»Nein, es ist nur eine Ente«, meinte sie lächelnd.

Da David sich in Bezug auf Autos nicht auskannte und für ihn eine Ente bloß ein Wasservogel war, klärte ihn Katja auf: »Es ist ein »deux chevaux«, ein alter Citroën. Er wurde nach dem Krieg in Frankreich gebaut.

Der Auftrag an den Entwickler lautete, ein Auto zu konstruieren, das Platz für zwei Bauern in Stiefeln und einen Zentner Kartoffeln oder ein Fässchen Wein böte. Es sollte mindestens 60 km/h schnell sein und dabei maximal drei Liter Benzin auf 100 km verbrauchen. Das Gefährt müsse anforderungsreichste Wegstrecken bewältigen können und so zu bedienen sein, dass auch eine ungeübte Fahrerin problemlos mit ihm zurechtkäme. Es sollte so stark gefedert sein, dass ein Korb voller Eier eine Fahrt über holprige Feldwege unbeschadet überstünde. Auf das Aussehen des Wagens käme es dabei nicht an.«

»Leider werden diese Fahrzeuge seit den 80er Jahren nicht mehr hergestellt,« fügte Katja traurig an.

Sie hatte sich in ein Feuer geredet. Sie liebte ihr Kult-Auto über alles und pflegte und verhätschelte es. Sie wusste über jedes technische Detail Bescheid und führte einfachere Reparaturen selber aus. David war verblüfft über ihren Sachverstand und verwundert, welche Leidenschaft sie für eine simple Blechkiste an den Tag legen konnte. Ihm gingen jedes Verständnis und jegliche Faszination für Fahrzeuge und Motoren ab.

Trotzdem meinte er: »Ich würde deine ›Ente‹ gerne bestaunen. Wir könnten mit ihr ja eine Spritztour zu meinem Vater unternehmen.«

Katjas Gesichtszüge klarten schlagartig auf. Ihre Lachfältchen zeichneten sich auf ihrem gebräunten Gesicht ab.

»Und was ist mit dieser CO2-Bilanz?«

»Ach, wir leben nur einmal. Ich springe heute ausnahmsweise über meinen Schatten.«

Eine Stunde später fuhren sie in der ›Ente‹ mit offenem Verdeck aus der Stadt hinaus. Auf der Landstraße zogen sie eine längere Autoschlange hinter sich her. Katja ließ sich nicht beirren. Sie strahlte am Steuer wie ein Honigkuchenpferd. Sie zuckelten mit 60 km/h dahin. Geschwinder konnte man das Gefährt kaum fortbewegen. Schon bei dieser gemächlichen Fahrweise waren die Windgeräusche infernalisch und verhinderten jegliche Konversation. Ab und zu brüllte David: »Vorne rechts!«, oder »Im Kreisel geradeaus!«

Unterwegs stoppten sie an einem Blumenfeld. David hatte nicht vergessen, dass Susanne Sonnenblumen abgöttisch liebte. Sie hatte ihm einmal eine Geschichte aus der griechischen Mythologie erzählt. Dort wurde die Sonnenblume als Symbol der Sonne und Liebe angesehen. Die Nymphe Clytia habe sich unsterblich in den Sonnengott Apollo verliebt. Trotz ihrer Schönheit sei ihre Zuneigung von Apollo nicht erwidert worden. Apollo habe sie verschmäht, da er in ihre Schwester Leukothoe verliebt war. Clytia verriet diese Liebschaft aus Enttäuschung und Eifersucht Leukothoes strengem Vater Orchamos. Da Apollo Leukothoe geschwängert hatte, begrub Orchamos sie bei lebendigem Leibe, um diese Schande zu tilgen.

Clytia versuchte daraufhin, die Liebe Apollos erneut zu gewinnen. Sein Herz hatte sich aber durch diesen Verrat verhärtet. Clytia setzte sich nackt auf einen Felsen, aß und trank nichts mehr, starrte in die Sonne und trauerte. Nach neun Tagen verwandelte sie sich in eine Sonnenblume, die ihre Blüte nach Apollos Sonnenwagen ausrichtet.

David pflückte fünf Stück von Susannes Lieblingsblumen und legte sie behutsam auf den hinteren Autositz.

Obwohl David der alten Heimat seit Jahren ferngeblieben war, hatte sich das Dorf kaum verändert. Der Bäcker hatte sein Geschäft aufgegeben und war einem Nagelstudio gewichen. Eine klobige, sterile Siedlung breitete sich am Dorfrand wie ein Krebsgeschwür aus. Seine alte Grundschule mit dem Türmchen, der Süßwarenladen, wo er zur Mutprobe unter Schweißausbrüchen einen Kaugummi mitlaufen ließ und der Park, in dem er als Viertklässler hinter einem Haselstrauch mit seinem Schulschatz den ersten unbeholfenen Zungenkuss ausgetauscht hatte, existierten dagegen noch und hatten die Zeit überdauert.

Und mitten im Dorf stand, kühl und abweisend wie eine Trutzburg, die katholische Kirche mit dem schweren Eichenportal.

David war erleichtert, als Katja den Wagen auf der Hofeinfahrt seines Vaters abbremste und er aussteigen konnte. Vom Fahrtwind brannten ihm die Augen und durch die weiche Federung und das Geschaukel war es ihm flau im Magen geworden. Autofahren war definitiv nicht sein Ding. Er schaute sich um. Auf dem Hof schien die Zeit stehen geblieben zu sein. Das Wohnhaus sah aus, als ob er erst gestern zur Haustür hinausgetreten und weggezogen wäre. Einzig die Farbe der Fensterläden war verwittert. Er schaute an der Fassade hoch zu seinem Kinderzimmer. Das Fensterglas war trübe und in den Ecken hingen Spinnweben. Ans Haus angelehnt stand Vaters Baracke, in die er jeweils vor den Zumutungen der Welt entschwunden war. In Davids Erinnerung war diese stattlicher und weniger windschief konstruiert.

In diesem Augenblick öffnete sich knarrend die Tür des Holzschuppens. Vor ihnen stand Davids Vater. Im ersten Moment hatte David Mühe, ihn wiederzuerkennen. Seit er ihm das letzte Mal begegnet war, schien er nochmals um Jahre gealtert. Seine Augen hatten ihren Glanz eingebüßt und lagen in tiefen Höhlen, seine Haut war fahl, hatte ihre Spannkraft verloren und seine Gesichtszüge waren eingefallen. Als er David erblickte, blieb er wie angewurzelt stehen. Es entstand ein kurzes, verkrampftes Schweigen, das David unangenehm an seine Kindheit erinnerte.

»Hallo Papa. Ich wollte einmal vorbeikommen und schauen, wie es dir geht und dir bei dieser Gelegenheit meine Partnerin Katja vorstellen.«

»Du hast dir weiß Gott Zeit gelassen, dich wieder einmal blicken zu lassen«, knurrte Davids Vater.

Katja trat aus Davids Schatten und schritt auf den alten Herrn zu. Sie stellte sich vor und streckte ihm ihre Rechte hin. Er ergriff diese zögerlich und schaute Katja eine Spur zu lange mit weit aufgerissenen Augen an. Sie senkte verschämt ihren Blick.

»Willkommen in meinem Paradies«, sagte er spöttisch und machte eine ausladende Geste. »Es freut mich, Sie kennenzulernen. Ich hätte es nie für möglich gehalten, dass mein Sohn, dieser Einsiedlerkrebs, eines schönen Tages noch eine Freundin findet. Falls ihr mögt, kann ich euch einen Apfelsaft anbieten. Zu essen habe ich nichts da.«

Ohne eine Antwort abzuwarten, stapfte er Richtung Haus. David fiel auf, wie gebeugt sein Vater sich fortbewegte und wie markant er sein linkes Bein über den Kies nachzog.

Im Haus roch es muffig. Offensichtlich war hier seit Tagen nicht mehr gelüftet worden. Im Flur blieb David verblüfft stehen. Dort, wo er vor Jahren aus Schusseligkeit das Foto, das seine Mutter und ihn zeigte, heruntergefegt hatte, hing dasselbe Bild in einem neuen Rahmen. Bei genauerer Betrachtung bemerkte David, dass das Foto, das damals durch Glassplitter aufgeschlitzt worden war, sorgfältig zusammengeklebt war.

Er studierte das Porträt seiner Mutter eingehender und wurde stutzig. Die weichen Gesichtszüge, die ausdrucksvollen Augen mit den langen Wimpern, die vollen Lippen und der Schwung der zarten Nase: Auf diesem Bild glich seine Mutter Katja wie ein Ei dem anderen. Einzig Mutters Haare schimmerten blond statt braun. Er drehte sich um und starrte seine Partnerin an, verunsichert, ob er nach der strapaziösen Autofahrt womöglich Halluzinationen entwickelt hätte.

Katja stand direkt hinter ihm und musterte das Foto ebenfalls.

»Diese Frau sieht aus wie meine eineiige Zwillingsschwester«, meinte sie nüchtern. »Es fehlt bloß das Muttermal.«

Unterdessen hatte sich Davids Vater zu ihnen gesellt.

»Ja, Ihre frappante Ähnlichkeit mit meiner verstorbenen Ehefrau fiel mir bei der Begrüßung sofort auf. Ich denke, Sie könnten etwa gleich alt sein wie meine Frau auf dem Bild.«

Der alte Herr hatte in der Stube eine weiße Tischdecke ausgebreitet und darauf drei Gläser mit Apfelsaft platziert. Irgendwoher hatte er eine Packung Schokoladenkekse aufgestöbert und sie sorgfältig in ein Porzellanschälchen drapiert.

»Das ist leider alles, was ich anbieten kann. Hätte ich geahnt, dass ihr zu Besuch kommt, hätte ich im Dorfladen eingekauft. Dann hätte ich euch etwas Anständiges aufgetischt.«

Ungläubig studierte David seinen Vater von der Seite. War das sein alter, mürrischer Herr, der früher tagelang kein Wort von sich gab, übellaunig am Küchentisch sass und urplötzlich wegen einer Kleinigkeit explodierte? Er wirkte zwar älter und gebrechlicher, seelisch gleichwohl ausgeglichener und zugänglicher, als David ihn in Erinnerung hatte.

»Das ist kein Problem«, erwiderte Katja. »Wir wollten nur auf einen Sprung vorbeischauen. Ich wünschte seit Längerem, Sie kennen zu lernen. David hat mir oft von Ihnen erzählt.« In diesem Punkt griff sie zu einer netten Notlüge und gewahrte aus den Augenwinkeln den irritierten Blick Davids.

Nach der Stärkung drängte Davids Vater darauf, Katja über den Hof zu führen. Er schleuste sie durch den Kuhstall, zeigte ihr voller Stolz seine beiden Fendt-Traktoren und den altersschwachen Mähdrescher. Er öffnete die Motorhaube und zu zweit beugten sie sich über das Ungetüm und fachsimpelten über Kolben, Pleuel und Kurbelwelle.

Schließlich lotste er sie in sein Allerheiligstes, sein Refugium. Dort bewahrte er, wie zu Urzeiten, alle Werkzeuge und Maschinen auf. Katja nahm einzelne Teile in die Hände und begutachtete sie mit Interesse und Kennermiene. Ab und zu erkundigte sie sich, wozu dies oder jenes Gerät gedient habe. Bereitwillig und mit Begeisterung gab Davids Vater bis ins Detail Auskunft.

David trottete die ganze Zeit mit einem gewissen Abstand hinter den beiden her. Er registrierte, dass seine Anwesenheit stören würde. Er war erleichtert, dass Katja das verkrustete Herz seines alten Herrn durch ihren Charme und ihr Interesse aufzubrechen vermochte. Gleichzeitig deprimierte es ihn, von seinem Vater während seiner gesamten Kindheit nicht annähernd die gleiche Wärme und Zuwendung erfahren zu haben, die er in so kurzer Zeit Katja gegenüber zum Ausdruck brachte.

Nach dem einstündigen Rundgang verabschiedeten sie sich auf der Hofeinfahrt. Davids Vater wollte Katja die Hand geben. Katja trat geschwind einen Schritt auf ihn zu, zog ihn an sich und drückte ihn sanft, was dieser mit einem schüchternen Lächeln quittierte.

David und sein Vater reichten sich mit ausgestrecktem Arm die Hand. Katja und David stiegen in ihr Gefährt und fuhren los. Im Rückspiegel beobachtete David seinen Vater, der ihnen verloren nachwinkte und langsam schrumpfte, bis er nach einer Kurve aus dem Blickfeld verschwand.

Katja lächelte auf den nächsten Kilometern still vor sich hin. David wollte erfahren, was sie belustige.

»Dein Vater hat große Ähnlichkeiten mit dir«, meinte sie schelmisch.

David holte Luft, um zu protestieren.

»Ich meine nicht äußerlich, sondern in seinem Wesen«, fuhr Katja unbeirrt fort. »Er war sicher einstmals ein stolzer, starker Mann, ein Kämpfer. Ich kann mir vorstellen, dass der Tod deiner Mutter ihm beinahe das Genick brach, seinen Lebensmut auf eine harte Probe stellte und ihn verhärtete. Er hat aber einen unbeugsamen Willen. Und tief in seinem Innersten ist er ein feinfühliger, sanfter Mensch geblieben.«

Die Vorstellung, seinem alten Herrn ähnlich zu sein, nervte David. Er bildete sich ein, kein derart ungehobelter Klotz zu sein, kein Eigenbrötler, der sich vor dem Getöse der Welt abschottete und sich in sein belangloses Dasein zurückzog.

Je länger er aber darüber brütete, desto mehr Parallelen stellte er zwischen sich und seinem Vater fest. Er hatte, wie dieser, ein ausgeprägtes Gerechtigkeitsempfinden, um nicht zu sagen, einen missionarischen Eifer, der zuweilen übers Ziel hinausschoss und jegliches Augenmaß vermissen ließ. In der Hitze des Gefechts konnte es geschehen, dass er sein Gegenüber tief verletzte. Gleichzeitig nahm er in seinem Eigenbild an, einfühlsam zu sein und die Gabe zu besitzen, auf Rivalen einen Schritt zuzugehen und ihnen verzeihen zu können. Diese Fähigkeit, die er ebenfalls bei seinem Vater wahrnahm, machte ihm Hoffnung auf eine mögliche Versöhnung.

In diesem Moment bog Katja in die Straße ein, an der das Häuschen von Susanne lag. Von Weitem stach David ins Auge, dass das ehemals goldgelb leuchtende Gebäude einen neuen Anstrich erhalten hatte. Es erstrahlte in einem Schwedenrot. Auf der Stirnseite des Anwesens klebte im selben Rot ein würfelförmiger Anbau aus Holz. Auf der Rutsche im Garten tummelten sich zwei Mädchen mit Pippi-Langstrumpf-Zöpfen.

Sobald die Kinder ihn erspähten, verschwanden sie blitzartig im Inneren des Gebäudes.

»Mama, draußen steht ein fremder Mann!«, hörte er sie rufen.

Eine jüngere Frau trat auf die Terrasse.

»Wohnt hier nicht Susanne Meister?«, erkundigte sich David.

»Die lebte früher hier. Vor drei Jahren hat sie uns das Haus verkauft und ist weggezogen.«

David hatte sich bereits Susannes Freude über das Wiedersehen ausgemalt. Nun ließ er den Kopf hängen. Er hoffte, dass im Dorfrestaurant Sternen, in dem Susanne früher gearbeitet hatte, jemand ihren Aufenthaltsort kannte.

Heute war Sonntag, derselbe Tag, an dem er vor Jahren als Halbwüchsiger verschüchtert und durchfroren über die Schwelle der Gaststätte des überfüllten Speisesaals getreten war. Zur Stunde waren nur zwei Tische besetzt. David steuerte auf die Theke zu, hinter der eine ältere Dame Bier zapfte. Insgeheim hatte David gehofft, es möge Susanne sein. Diese Kellnerin dagegen war knochiger gebaut, um Jahre jünger und weit weniger herzlich.

Er fragte nach Susanne. Die Frau bedeutete ihm wortlos, zu warten, und verschwand in der Küche. Drei Minuten später öffnete sich die Küchentüre und ein grauhaariger, drahtiger Mann tauchte auf. Die Ähnlichkeit mit Susanne war verblüffend.

»Sie suchen Susanne? Darf ich fragen, wer Sie sind?«

David schilderte dem Mann, der offensichtlich Susannes Bruder war, woher er Susanne kannte.

Das Gesicht des Wirtes klarte auf.

»Susanne hat mir verschiedentlich von Ihnen erzählt. Sie müssen der Junge sein, der früh seine Mutter verloren und meine Schwester regelmäßig besucht hatte. Sie liebte Sie wie einen eigenen Sohn, den sie leider nie bekommen hatte. Sie war zutiefst traurig, als der Kontakt zu Ihnen abbrach.«

Der Wirt verabschiedete ein Gästepaar und fuhr fort: »Susanne musste vor drei Jahren aus gesundheitlichen Gründen ihr Häuschen verkaufen. Es war ihr unmöglich, den Haushalt selbstständig weiterzuführen. Sie zog in eine Alterswohnung in Basel. Vor einem Jahr erlitt sie einen schweren Schlaganfall. Seither hat sie Mühe mit dem Gehen und Sprechen und ist auf Pflege angewiesen. Heute lebt sie im Altersheim Rosengarten in Basel. Ich bin sicher, sie wäre überglücklich, Sie wiederzusehen.«

Auf der Rückfahrt in die Stadt herrschte im Auto eine bedrückte Stimmung. David hing seinen Gedanken nach. Der heutige Tag hatte ihn aufgewühlt. Die zwiespältige Beziehung zu seinem Vater ließ ihn nicht mehr los. Er sehnte sich danach, zu ihm ein innigeres Verhältnis aufzubauen. Er hatte bloß keine Ahnung, wie er schaffen sollte, das Eis zwischen ihnen zu schmelzen.

Die Nachricht über Susannes Gebrechlichkeit hatte ihn ebenfalls betrübt. Ihm war bewusst geworden, wie sehr er sie all die Jahre vermisst hatte. Er nahm sich fest vor, sie bald zu besuchen. In diesem Fall müsste er noch frische Sonnenblumen pflücken. Diejenigen auf dem Rücksitz ließen bereits ihre Köpfe hängen.

16

Davids Handy klingelte. Auf dem Display leuchtete Toms Name auf. Seit ihrer letzten Begegnung waren drei Wochen verstrichen.

»Hallo, alter Freund«, ertönte es am anderen Ende der Leitung kurz angebunden. »Ich bin gerade unterwegs. Hättest du wieder einmal Lust auf ein Bier? Same time, same place?«

»Samstag, 20 Uhr beim Italiener würde mir passen«, gab David zurück.

Dann brach ihr Telefonat ab.

David freute sich, seinen Freund am Samstag wiederzusehen. Sie hatten bei ihren gelegentlichen Treffen wieder den Draht zueinandergefunden. Es machte den Anschein, Tom habe die Trennung von Katja gut verkraftet. Zumindest machte er David keine Vorwürfe und erwähnte sie nie mehr. Katja schien ahnungslos, mit wem er sich jeweils verabredete, wenn er beiläufig anmerkte, er treffe einen Kumpel auf ein Bier, was ja nicht gelogen war.

Samstagabends saßen sie beim Italiener im Garten unter einer Platane, genehmigten sich ein Pale Ale und aßen Bruschetta. Der Abend war lau. Ein sanfter Lufthauch vertrieb die Schwüle, die tagsüber wie eine Glocke über der Stadt gelegen hatte.

David schilderte Tom den Ausflug zu seinem Vater und die widersprüchlichen Gefühle ihm gegenüber, ohne ins Detail zu gehen. Dass Katja ihn begleitet hatte, erwähnte er nicht. Tom gab drollige Anekdoten aus seinem Studium zum Besten und gestand David nach drei Bieren, dass ihm die gemeinsame Zeit in der WG fehle.

»Interessierst du dich nach wie vor für umweltpolitische Anliegen?«, wechselte Tom abrupt das Thema.

David schaute ihn verwirrt an.

»Ich meine, dich lässt es doch auch nicht kalt, wenn unsere Umwelt den Bach runtergeht«, ergänzte Tom.

»Nein, mit Sicherheit nicht. Deswegen war ich ja an dieser Demo.«

»Ach, diese Demo, das war ja schön und gut. Aber das ist alles Pillepalle. Das interessiert kein Schwein. Dadurch veränderst du nichts. Ich meine, es braucht Aktionen, die wachrütteln, die dieser ganzen versifften, autogeilen Gesellschaft die Masken vom Gesicht reißen.«

»Was schwebt dir vor?«, erkundigte sich David. Es begann ihm zu dämmern, dass Tom nicht aus Versehen ins Fadenkreuz der Polizei geraten war, wie dieser behauptet hatte.

Tom sah sich prüfend um und beugte sich zu David hinüber. »Am kommenden Samstag, wenn die Leute zum Shoppen in die Stadt fahren, plane ich mit ein paar Freunden, die Innenstadt aufzumischen und den Verkehr lahmzulegen. Wir ziehen in blutverschmierten Kostümen durch die Quartiere, legen uns auf der Johanniterbrücke wie Unfallopfer hin und ketten uns aneinander. Das wird ein Spaß!«

»Ihr behindert den Verkehr. Das ist illegal und wird die Polizei auf den Plan rufen.«

»Legal, illegal, scheißegal! Ziviler Ungehorsam war nie etwas für Feiglinge. Unser Ziel ist es, die Massen aufzurütteln. Das gelingt nur mithilfe spektakulärer Aktionen. Dafür muss man die Gesetze ausreizen. So begeistern sich stetig mehr für unsere Ideen. Am Ende ist es eine Zahlenspielerei. Wenn drei verhaftet werden, kratzt das niemanden und ist deren Problem. Sobald Zehntausende festgenommen werden, ändert sich etwas. Bist du mit dabei?«

»Du weißt, ich verurteile jede Form von Gewalt. Zivilen Ungehorsam zur Durchsetzung der menschlichen Überlebensgrundlagen erachte ich hingegen als moralisches Recht. Ich werde es mir durch den Kopf gehen lassen und dir morgen Bescheid geben.«

Die folgende Nacht schlief David oberflächlich und träumte, wie er mutterseelenallein, angekettet und außerstande, sich zu bewegen, auf der Mittelspur einer dreispurigen Autobahn lag und Fahrzeuge mit großer Geschwindigkeit auf ihn zurasten. Schweißgebadet schreckte er auf. Katja lag wach neben ihm.

»Du hast wirres Zeug geredet. Du riefst: Ich will hier weg! Hattest du einen Albtraum?«

»Ich träumte, ein wildes Tier würde mich verfolgen«, log David, um ihr nichts von der Absicht, sich an der Demo anzuketten, erzählen zu müssen.

Am nächsten Tag gab er Tom Bescheid, dass er an diesem »Happening«, wie Tom es nannte, mit von der Partie sei.

Am Samstag um 13 Uhr versammelten sich vor dem Hauptbahnhof 20 junge Leute. David erkannte drei Teilnehmer, denen er am Infoabend der »grünen Bewegung« begegnet war. Die anderen waren ihm fremd. In der Clique erblickte er zudem zwei Mädchen, beide kaum älter als 16.

Jeder trug einen Rucksack oder eine Umhängetasche. Im Vorfeld hatte Toms Anweisung gelautet, man solle sich einen weißen Overall beschaffen und ihn mit Kunstblut rot bekleckern. Tom hatte für alle eine blutbefleckte Scream-Maske organisiert. Diese Kostümierung streiften sich die Teilnehmer in den Bahnhofstoiletten rasch über.

Danach zogen sie in einer breiten Front durch die Straßen Richtung Johanniterbrücke. Die Passanten wichen ihnen in einem großen Bogen aus, drehten

sich um und schauten entweder grimmig oder erschrocken zurück. Die Fahrzeuglenker bremsten scharf ab,
hupten, kurbelten die Scheiben runter und brüllten
ihnen Beschimpfungen hinterher. David fand, dass sie
in ihren blutbesudelten Kostümen und Masken gruse-
lig und abgefahren aussahen.

Auf der Johanniterbrücke verteilten sie sich, wie
verabredet, rasch quer über die Fahrbahnen. Der Ver-
kehrsfluss kam abrupt zum Erliegen. Aus ihren
Taschen holten sie Ketten, Handschellen und Schlös-
ser hervor, wickelten sie um ihre Körper und Glied-
maßen und hakten die Enden ineinander. Die beiden
Mädchen hatten sich eine drastischere Variante des
Ankettens ausgedacht. Sie fixierten jeweils ein Bügel-
schloss um ihren Hals und klinkten dieses am Metall-
geländer der Brücke ein.

Auf Toms Kommando ließen sich alle gleichzeitig
auf die Straße sinken und stellten sich tot. Auf
Beobachter mutete die Szenerie surreal und düster,
wie ein Schlachtengemälde an.

Für David schien die Zeit stillzustehen. Hinter
seiner Maske war es stickig und er rang nach Luft. Er
nahm bloß bruchstückhaft wahr, was um ihn herum
vorging. Vage vernahm er Stimmen von Passanten, die
diskutierten, wetterten oder nach der Polizei riefen. Er
hörte verschiedene Tonlagen von Autohupen und auf-
heulenden Automotoren. Es schien, als ob die empör-
ten Fahrer am liebsten Gas gegeben und sie plattge-

walzt hätten. Die Stimmung war aufgeladen und explosiv. David war verunsichert, da sie bei der Bevölkerung, die sich in ihrer Freiheit beschnitten fühlte, durch ihren Coup derart heftige Reaktionen auslösten.

Da er auf dem Rücken lag und die Maske sein Gesichtsfeld begrenzte, erahnte er nur, was vor sich ging. Er hatte kein Gespür, wie lange er reglos auf dem harten Asphalt ausharrte. Die Minuten verstrichen zähflüssig. Schließlich vernahm er aus der Ferne den auf- und abschwellenden Ton eines Martinshorns, der sich rasch auf sie zubewegte. Von der gegenüberliegenden Seite der Brücke ertönten ebenfalls aus verschiedenen Richtungen Warnsirenen. Die Kavallerie mit dem schweren Geschütz rückte an.

Kurz vor der Überführung erstarben die Sirenen und die Motorengeräusche verebbten. David hörte metallisches Scheppern. Er nahm an, dass die Einsatzkräfte die Straße mit Gittern absperrten. Er schnappte Rufe auf, die im Kasernenhofton Kommandos erteilten, die ihn an seine Zeit im Militär erinnerte. Er registrierte polternde Laufschritte, die den Übergang in Schwingung versetzten. Eine Durchsage ertönte: »Wir fordern die Demonstranten auf, diese unbewilligte Kundgebung unverzüglich zu beenden und die Brücke wieder für den Verkehr freizugeben!«

Ein Raunen ging durch die Gruppe der Aktivisten. Aus der Distanz erklangen die typischen Laute einer pulsierenden Stadt. Auf der Brücke herrschte gespannte Ruhe. Einzig das Rasseln der Ketten war zu vernehmen. Die Zeit zog sich unerträglich in die Länge. Der Machtkampf zwischen Protestierenden und Ordnungshütern war in vollem Gange. Davids Nerven waren angespannt bis zum Zerreißen.

Erneut schmetterte die blecherne Stimme des Megaphons: »Da Sie nicht gewillt sind, mit der Polizei zu kooperieren, werden wir ihre Sitzblockade umgehend auflösen.«

Wieder verflossen Minuten, bis Bewegung ins Geschehen kam. David sah, dass Uniformierte mit überdimensionalen Bolzenschneidern bewehrt, sich rechts und links von ihm zu schaffen machten. Mit scheinbarer Mühelosigkeit sprengten sie die Fesseln, mit denen die Teilnehmer aneinandergekettet waren auf. Eine Kette nach der anderen gab dem Druck der Werkzeuge nach und wurde aufgetrennt. Weitere Beamte trugen die ohnmächtigen Demonstranten zu zweit weg von der Straße, in vergitterte Polizeitransporter.

Nachdem David von seinen Fesseln befreit war, packten ihn zwei stämmige Polizisten an Schultern und Füssen, schleppten ihn wie einen Sack Zement zum Polizeifahrzeug und schmissen ihn unsanft der Länge nach hinein. David stieß sich dabei heftig an der Türe. Er zog die Scream-Maske aus und schaute sich um. Im Wagen saßen drei weitere Teilnehmer.

Die Tür wurde von außen verriegelt und ein Wachmann davor postiert. Davids Kopf schmerzte. Er fasste sich an seinen Hinterkopf und ertastete eine Beule sowie etwas Feuchtwarmes, das zwischen seinen Fingern hinunterrann. Die Flüssigkeit tropfte auf seinen Overall und weitete die einzelnen Flecken aus Kunstblut zu einer zusammenhängenden Fläche aus.

David erfassten Wut und Panik über die rabiaten Polizisten. Er klopfte mehrmals an die Wagentür, um den Beamten, der vor dem Fahrzeug Wache schob, auf ihn aufmerksam zu machen. Dieser ignorierte das Klopfen. David hämmerte mit beiden Fäusten gegen das Blech, bis sein Bewacher die Türe aufriss und schrie, er solle sofort Ruhe geben, sonst werde er ihn mit Kabelbindern fixieren. David streckte ihm die blutverschmierten Hände entgegen.

»Ich brauche dringend einen Arzt. Ich habe ein Loch im Schädel!«

Der Wachhabende, der mit dieser Situation überfordert schien, rief eine Kollegin zu Hilfe. Diese wirkte robuster. Sie empfand keinen Ekel, die Wunde zu untersuchen und meinte fürsorglich, das sehe übel aus und müsse verarztet werden.

Sie geleitete David zu einem Polizeiauto, in dem zwei unterbeschäftigte Uniformierte saßen und eine Zigarette rauchten. David zwängte sich benommen auf den Rücksitz. Der Fahrer brauste mit Blaulicht los.

17

Katja war eben daran, Andrej die Gutenachtgeschichte vorzulesen, als ihr Handy summte. Eine Stimme in der Leitung stellte sich als Gefreiter Balmer der Kantonspolizei Basel vor. Noch bevor er zu Ende gesprochen hatte, unterbrach ihn Katja atemlos.

»Ist David etwas zugestoßen?«

»Kein Grund zur Sorge: Bis auf einen Schwartenriss am Hinterkopf, der genäht wurde, ist Ihr Freund wohlauf. Sie können ihn im Universitätsspital abholen.«

»Im Spital? Hatte er einen Unfall?«

Daraufhin schilderte ihr der Polizist detailliert die Geschehnisse des Nachmittags.

Katja zerrte Andrej, der mit dem Schlaf kämpfte, wieder aus dem Bett und zog ihm notdürftig Hose und Jacke über seinen Schlafanzug. Gemeinsam fuhren sie zur Uniklinik. Im Eingangsbereich saß David zusammengesunken auf einem Schalensitz. Das fahle Neonlicht verstärkte seine wächserne Gesichtsfarbe. Andrej stürmte auf David zu und warf sich ihm um den Hals, bis dieser vor Schmerzen aufstöhnte.

»Hast du mit dem Polizisten gekämpft?«, fragte Andrej atemlos.

»Wie kommst du drauf?«

»Mama meinte, du seist verletzt. Ein Polizist habe sie angerufen.«

»Nein, der Polizist transportierte mich nur ins Spital. Das Loch im Kopf holte ich mir woanders.« David verstummte. Befangen schaute er zu Katja. Sie hatte sich vor ihm aufgebaut, die Hände in die Hüften gestemmt und blickte griesgrämig.

»Wenn du hier fertig bist, möchte ich nach Hause. Ich bin todmüde und Andrej sollte längst schlafen.«

Auf der Rückfahrt sprachen sie kein Wort miteinander. Andrej schlief durch das Schaukeln und Brummen des Autos rasch ein. In der Wohnung trug ihn David in sein Zimmer, zog ihm Jacke und Hose aus, bettete ihn unter die Decke und gab ihm einen Gutenachtkuss, ohne dass er nochmals aufgewacht wäre.

Katja war ins Bad verschwunden. Nach einer Viertelstunde tauchte sie im Pyjama auf und stahl sich, ohne Tschüss zu sagen, ins Schlafzimmer. David hatte sie noch nie derart abweisend erlebt. Er konnte sich keinen Reim darauf machen, weshalb sie so unwirsch reagierte. Er hatte an einer Kundgebung teilgenommen und sie hatte ihn spätabends in der Klinik abgeholt, da er eine klaffende Wunde abbekam, die verarztet wurde. Er hätte sich von ihr eine Spur mehr Mitgefühl gewünscht. Schmollend zog er sich aufs

Sofa zurück. Lange lag er wach und ließ den stürmischen Tag Revue passieren.

Am Sonntagmorgen stand er früh auf, zog Jogginghose und -schuhe an und lief eine Runde durch den Park. Kein Mensch war so zeitig unterwegs. Er genoss die frische Luft, das klare Licht und die Stille. Zuhause stellte er sich unter die Dusche.

Als er aus dem Badezimmer trat, war Katja noch nicht aufgestanden. Er beschloss, sie mit einem ausgiebigen Frühstück zu überraschen und milde zu stimmen. Er mahlte Kaffee, ließ einen Espresso aus der Maschine rinnen, erhitzte Milch und schäumte diese auf, bis sie feinporig war. Dann kippte er den Milchschaum über den Espresso und verzierte ihn mit einem Herzen. Er buk Brötchen auf, kochte weiche Eier und schnippelte Äpfel, Kiwis und Bananen für ein Müsli.

Das Ganze platzierte er auf ein Tablett. Mitten drauf setzte er eine Vase mit einem Sträußchen Margeriten, das er auf der Parkwiese gepflückt hatte. Er balancierte alles auf dem Teebrett ins Schlafzimmer. Katja schien noch zu dösen. Er streichelte ihr über den Rücken. Sie knurrte und drehte sich auf die andere Seite.

»Ich habe uns Frühstück zubereitet. Hast du keinen Hunger?«, fragte er vorsichtig.

»Lass mich einfach in Ruhe«, fauchte sie ihn an. »Ich mag nichts essen.«

David ließ den Kopf hängen und schlich sich mit dem unberührten Tablett aus dem Zimmer.

Zwei Stunden später, nachdem David Katjas erkalteten Cappuccino weggekippt, die Eier sowie das Müsli im Kühlschrank versorgt und mit Andrej an seiner Brio-Bahn weitergebaut hatte, tauchte Katja im Wohnzimmer auf.

»Können wir reden? Andrej, du musst unterdessen alleine weiterspielen.«

Katja setzte sich in die Küche. Ihre Augen waren gerötet und ihre Lider geschwollen.

»Ich dachte bisher, wir seien ein eingespieltes Team, das sich vertraut und sich bemüht, einander die Wahrheit zu sagen.«

»Das sind wir doch«, entgegnete David verunsichert und nichtsahnend, worauf Katja hinauswollte.

»Dann kläre mich bitte auf, weshalb du an einer illegalen Demonstration teilnimmst, ohne mir davon zu erzählen, und du dich dabei obendrein ankettest und den ganzen Verkehr lahmlegst? Der Polizist hat mir anvertraut, dass ein gewisser Tom Burckhardt der Rädelsführer dieses irren Protestmarsches war.«

David schluckte leer. Sein Mund war ausgedörrt. Er schrumpfte auf die Größe eines Pennälers, dem der Hausmeister auf dem Pausenhof vor versammelter Schülerschaft die Leviten las. Er fühlte sich in die Enge getrieben und wog ab, ob er Reue zeigen und sich bei Katja entschuldigen oder einen Gegenangriff starten sollte. Er entschied sich für eine Doppelstrategie. »Es tut mir leid, dass ich nicht offen zu dir war und dich nicht in unser Vorhaben eingeweiht habe. Ich wollte dich nicht zusätzlich belasten. Ich nahm an, du seiest mit deinem Job und mit Andrej genügend beansprucht.«

»Du wolltest mich nicht belasten?«, fragte sie schnippisch. »Dafür muss ich nun den Dreck zusammenkehren. Der Polizist sagte, eure Aktion werde ein juristisches Nachspiel haben. Von den Kosten, die auf uns zukommen, ganz zu schweigen. Und zudem lässt du dich von Tom, diesem Nichtsnutz, anstiften. Ich rate dir: Gehe diesem Schuft in Zukunft aus dem Weg. Er ist toxisch.«

»Hallo, ich bin doch kein Kleinkind mehr!« David wechselte in den Gegenangriff. »Ich kann selber entscheiden und für mich Verantwortung übernehmen.«

»Offenbar nicht!«, erhob Katja ihre Stimme.

Nun reagierte auch David heftig. »Im Unterschied zu dir engagiere ich mich für eine Erde, auf der unsere Nachkommen es einmal besser haben. Andrej soll dereinst nicht in verseuchter Luft und einer zubetonierten Landschaft aufwachsen.«

»Und ich kämpfe täglich dafür, dass Andrej eine warme Mahlzeit in seinen Bauch sowie Kleider zum Anziehen erhält und eines Tages eine Ausbildung absolvieren kann, die ihm gefällt und ihn auf eigenen Füssen stehen lässt. Mag sein, dass dies banaler als deine Weltrettungspläne ist. Ich bin damit aber vollauf absorbiert und am Anschlag. Ich habe bereits ein Kind, um das ich mich kümmere. Ich brauche kein Zweites!«

Sie stieß ihren Stuhl zurück, riss ihre Jacke vom Kleiderhaken und verließ türknallend die Wohnung.

Andrej schielte mit schreckgeweiteten Augen um die Ecke: »Haben du und Mama euch nicht mehr lieb?«

»Doch, doch«, erwiderte David. »Wir hatten nur einen kurzen Streit. Das legt sich wieder.« Er war sich im Augenblick jedoch nicht mehr sicher, ob ihre Beziehung nicht grundsätzlich Gefahr lief, auf einen Abgrund zuzusteuern.

18

David hatte eine Busse von Fr. 300.- wegen Nötigung bei der Teilnahme an einer unbewilligten Demonstration kassiert. Damit war er glimpflich davongekommen.

Tom, der bereits eine Strafe wegen Landfriedensbruchs bei der letzten Demo erhalten hatte, und dem man nachweisen konnte, der Organisator und Anführer dieser erneuten Aktion zu sein, musste eine bedingte Gefängnisstrafe von sechs Monaten hinnehmen und die Gerichtskosten in der Höhe von Fr. 4'000.- begleichen. Finanziell schmerzte ihn dies nicht, da seine Eltern die Kosten vollumfänglich deckten, nicht ohne jedoch ihre Enttäuschung über das Gebaren ihres Bilderbuch-Sohnes zum Ausdruck zu bringen. Tom war nun einschlägig vorbestraft und durfte sich keine weitere Entgleisung mehr leisten.

David hatte die Zwischenprüfungen im Sommer knapp bestanden. Trotzdem war er verunsichert, ob er die passende Studienrichtung gewählt hätte. Die theoretischen Konzepte, die zahlreichen schriftlichen Arbeiten, die ellenlangen Vorlesungen; das alles fesselte ihn nicht mehr. Dazu fehlte ihm eine konkrete Idee für seine berufliche Zukunft. Die Vorstellung, acht Stunden am Tag in einem Bürokomplex zu versauern, um verhaltensauffällige Kinder oder hysterische, ältere Damen mithilfe einer Gesprächstherapie zu behandeln, verursachte ihm Bauchgrimmen.

Er wollte weder herumsitzen noch labern, sondern anpacken, etwas Bahnbrechendes in Gang bringen. Ihn drängte es nach gesellschaftlicher Veränderung, nach Aufbruch in eine humanere, ökologischere, fairere Welt, wo nicht das Recht des Stärkeren galt, und wo man sich, statt in rußenden Blechkisten, kraft alternativer Mobilität fortbewegte. Seine Vision bestand in einem Planeten ohne durch Verkehrsunfälle verkrüppelte oder getötete Menschen. In diesem Sinne waren Tom und er Brüder im Geiste.

Er traf sich, wenn auch seltener, mit Tom. Katja gab er jeweils kurz Bescheid. Sie schien nicht begeistert über diese Begegnungen, schwieg aber dem Frieden zuliebe.

Nach dem heftigen Krach im Sommer hatten sie einander tagelang angeschwiegen. Für beide war dies eine belastende Zeit, waren sie sich doch gewohnt, dem anderen Einblick in die tiefsten Winkel seiner Seele zu geben. Auch Andrej war verunsichert. Er klagte oft über Bauchschmerzen und hatte kaum Appetit.

Nachdem sie ihre Sprachlosigkeit überwunden und sich ausgesöhnt hatten, erklärte David, er wünsche sich, ein selbstbestimmteres, unabhängigeres Leben zu führen. Er habe sich in der Vergangenheit oftmals zu eingeengt und zu kontrolliert empfunden. Er sei kein Dreikäsehoch mehr. Diese Form der Überwachung habe er zur Genüge zu Hause durch seinen Vater erlebt. Das brauche er niemals mehr. Katja, ihrerseits, nahm ihm das Versprechen ab, in ihrer Beziehung offener und ehrlicher zu kommunizieren.

Sie suchten sich eine größere Wohnung an verkehrsberuhigter Lage. Sie fanden diese in einem renovierten Mehrfamilienhaus am Stadtrand. Dort durfte Andrej auf einem Spielplatz direkt vor dem Haus gefahrlos mit anderen Kindern toben.

David verbrachte eine Menge Zeit mit dem Jungen. Wenn Katja den Tag über an der Arbeit war, kümmerte er sich engagiert um ihn. Darunter litt seine Präsenz an der Uni, was ihn gleichgültig ließ.

David war vernarrt in Andrej. Er liebte ihn wie seinen eigenen Sohn. Er gab ihm die Wärme und Geborgenheit, die er in seiner Kindheit kläglich vermisst hatte. Andrej wiederum himmelte David an. Er sah in ihm den Vater, zu dem er nie eine Beziehung hatte aufbauen dürfen. David wuchs allmählich in die Rolle des Erziehers hinein. Er lernte, Verantwortung zu übernehmen. Er gönnte dem Jungen Freiraum, setzte ihm aber gleichzeitig Leitplanken, was bei

Andrej regelmäßig zu kurzen, heftigen Tobsuchtsanfällen führte.

Zusammen streiften sie durch die Wälder am Stadtrand. David hatte immense Kenntnisse über Pflanzen und ihre Verwendung. Er wusste, dass geringe Mengen Fingerhut und Eibe tödlich wirkten, dass sie in der Medizin bei Herzproblemen oder Krebs dennoch Menschenleben retteten. David klärte Andrej auf, wie widersprüchlich die Natur, ja das gesamte Leben sein konnte. Er brachte Andrej bei, junge Brennnesseln zu Spinat und Löwenzahn sowie Bärlauch zu köstlichen Salaten zuzubereiten.

Nun war auch die Pilzsaison gekommen. Nach dem milden Sommer und den ersten feuchten Herbsttagen schossen sie über Nacht aus dem Boden. Nach jeder Tour war ihr Korb gefüllt mit Maronenröhrlingen, Steinpilzen und Herbsttrompeten. Andrej war ebenso wissensdurstig und aufgeweckt wie David in seinem Alter. Am Ende des Tages hackten und schnippelten sie in der Küche die Fundstücke und verarbeiteten sie zu einem bunten Salat oder einer Omelette und verwöhnten damit Katja, die regelmäßig in Begeisterungsstürme ausbrach.

Es war eine unbeschwerte, heitere Zeit. Abends machten Katja und David es sich auf dem Sofa gemütlich und lasen Bücher, verfolgten gemeinsam Spielshows am Fernsehen oder unterhielten sich über Andrejs Zukunft. Seit der überwundenen Beziehungs krise im Sommer hatte Katja wieder Lust, David körperlich nahe zu sein. Sie fand ihn noch immer zum Anbeißen, obwohl das üppige Essen auf seinen Hüften erste Spuren hinterließ und die Geheimratsecken sachte nach hinten wanderten. Dagegen hatte er sich zu einem reifen, selbstbewussten, verantwortungsvollen Partner entwickelt. Wenn Andrej tief schlief oder bei seiner Oma übernachtete, fielen sie genüsslich und ausdauernd wie zwei frischverliebte Teenager übereinander her, sei es unter der Dusche, in der Küche oder auf dem Stubenboden. Katja war überglücklich, solch einen hinreißenden Partner an ihrer Seite zu haben. Ihre Kolleginnen, denen sie von David vorschwärmte, äußerten unverhohlen ihren Neid.

Katja kostete jede Minute der gemeinsamen Zeit mit David aus. Sie fühlte sich verstanden und geborgen. Einzig Davids mangelndes Interesse an seinem Psychologiestudium und seine berufliche Perspektivlosigkeit bereiteten ihr Sorgen. Sie erwartete jedoch, dass sich Davids Antriebslosigkeit nach dem Formtief wieder legen und er seine Freude am Studium wiederentdecken würde.

Gegen Ende des Herbstes beobachtete sie, dass David nur noch selten mit Andrej durch den Wald streifte und auf dem Bolzplatz kickte. Zuerst vermutete sie, es liege am nasskalten Wetter. Abends war er kaum ansprechbar und zog sich rasch zurück. Physisch war er präsent, lehnte gemeinsame Aktivitäten wie das Betrachten einer Fernsehserie oder Spaziergänge jedoch zunehmend ab und suchte nach einer Ausrede, wenn Katja mit ihm zusammensitzen und ein Gespräch führen wollte.

Er vergrub sich in seine Bücher über Politik und Umweltthemen, las die News auf dem Handy oder chattete mit Menschen, die Katja nicht kannte, und nach deren Namen sie ihn nicht zu fragen wagte. Sie hatten vereinbart, einander ihre Privatsphäre zuzugestehen. Jeder ließ dem anderen seinen Freiraum. Sie stellte aber fest, dass David sich schleichend aus ihrem Leben zurückzog und einigelte.

Sie genoss es nach wie vor, ihm nahe zu sein, sich an ihn zu schmiegen, seinen herben Duft einzuatmen. In diesen intimen Augenblicken gewahrte sie aber einen zunehmend unüberwindlichen Graben in ihrer Beziehung. Davids Augen starrten dann durch sie hindurch und fixierten einen imaginären Punkt in der Ferne. Falls sie ihn zärtlich streichelte, verkrampfte sich sein Körper und er drehte sich weg.

Er schlief immer öfters im kleinsten Zimmer, das ihnen als Büro diente und in das er ein Einzelbett gestellt hatte, angeblich für Gäste, die sie aber nie empfingen. Sie nahm wahr, dass David selbst zu Andrej kurz angebunden war und rasch aus der Haut fuhr. Früher zeigte er eine Engelsgeduld dem Jungen gegenüber und ließ ihm das meiste durchgehen. Nun genügte es, wenn Andrej den Salat nicht aufessen oder sich vor dem Ende der Mahlzeit vom Tisch zum Spielen entfernte. Dann schnauzte David den Knaben an. Einmal eskalierte der Streit derart, dass David seine Hand aufzog, als wolle er Andrej ohrfeigen. Er ließ seinen Arm noch rechtzeitig in der Luft einfrieren, stand wortlos, mit verkniffenem Gesicht, vom Tisch auf und verschwand in seinem Zimmer.

Nachts hatte David zunehmend Mühe, einzuschlafen. Er wälzte sich hin und her, zündete die Nachttischlampe an, um zu lesen, schaffte es aber nicht, sich auf den Wortlaut zu konzentrieren. Mehrmals erhob er sich, um ein Glas Wasser zu holen oder zu pinkeln. Manchmal stierte er stundenlang an die Decke und lauschte den gurgelnden Geräuschen der Leitungen im Haus. Nickte er kurz ein, krochen in seinen Träumen langsam die Dämonen unter dem Bett hervor und schlugen ihre langen, dürren Klauen in sein Fleisch und versuchten, ihn in den Abgrund zu zerren.

David fühlte sich bei Tage zerschlagen und gleichzeitig aufgekratzt. Katja fiel auf, dass er in letzter Zeit erschöpft aussah. Seine ohnehin blasse Haut schimmerte kalkig, die Wangen waren eingefallen und die Augenringe hatten sich tief eingegraben. Als sie ihn darauf ansprach, meinte er abfällig, es sei ihm nie besser gegangen.

Tagsüber suchte er nach seinem Frieden. Er fuhr mit den öffentlichen Verkehrsmitteln ziellos durch die Stadt, streunte durch Parks oder dem Rhein entlang, setzte sich abseits des Gewimmels ins Gras und leerte eine Büchse Heineken-Bier. Hungrig war er kaum, was daher rührte, dass er wieder regelmäßig zu rauchen angefangen hatte. Falls er Hunger verspürte, ging er zum Türken um die Ecke und stopfte einen Döner oder eine Falafel in sich hinein.

Einmal wöchentlich traf er sich mit Tom. Sie zogen von Kneipe zu Kneipe, becherten Bier und Wein und spotteten über die Spießbürger, die sich frühmorgens aus den Betten quälten und zu ihren sinnentleerten Jobs schleppten, um mit ihrem Bestechungsgeld, wie Tom es nannte, Luxus zu kaufen, den sie nicht benötigten, um damit Leute zu beeindrucken, die ihnen nichts bedeuteten. Dieses öde, materialistische Dasein war ihnen zutiefst zuwider. Ein solches Leben wollten sie dereinst nie führen. Ihnen schwebte eine bedeutungsvollere Aufgabe auf der Bühne des Lebens vor, eine Rolle voller Macht und Gestaltungsmöglichkeiten. Gegen Mitternacht verließen sie jeweils euphorisch und torkelnd die Bar.

David genoss diese bier- und weinseligen Abende mit Tom. In diesen Stunden fühlte er sich unverkrampft und akzeptiert. David fand, er habe in Tom einen Seelenverwandten gefunden. Sie beide schien derselbe Weltschmerz zu quälen und sie verzweifelten an der Ignoranz der Bürger. Diese jagten nach Geld, Konsum und Genuss und erkannten nicht, dass die Erde, wie die Titanic, auf einen Eisberg zusteuerte, währenddessen an Deck die Musikkapelle bis zum bitteren Ende aufspielte.

David schätzte Katja zwar als einfühlsame Zuhörerin. Sie hatte jedoch kein Gespür für das große Ganze. Sie konnte nicht nachempfinden, weshalb es in Davids Seele brodelte und gegen welche Abgründe er sich stemmen musste. Vielleicht lag es daran, dass sie eine Frau und Mutter war, die ihr Nest verteidigte, während Kerle wie er und Tom in die Schlacht zogen, um Bedrohungen abzuwehren und die Gestaltung der Welt an die Hand zu nehmen. David war überzeugt, dass diese Aufgabe unverzüglich angepackt werden musste, bevor die ganze Chose zu entgleisen drohte. In diesem Punkt waren David und Tom einer Meinung. Sie schmiedeten Pläne, durch welche aufsehenerregenden Aktionen sie der Welten Lauf den richtigen Drall geben konnten.

Nach der Verkehrsbehinderungsaktion gab es ein überregionales Medienecho. Bei Toms Prozess waren zwei Radio- und eine TV-Station im Gerichtssaal zugegen. Im Anschluss befragten die Reporter Toms Anwalt zu den Motiven seines Klienten. Dieser deutete an, Tom sei durch sein ausgeprägtes ethisches Bewusstsein zu dieser Aktion bewogen worden. Einzig seine Selbstlosigkeit, den Nachkommen eine lebenswertere Stadt zu hinterlassen, habe ihn zu dieser Straftat getrieben.   Tom fand zwar, dass sein Anwalt ein aufgeblasener, habgieriger, mediengeiler Kretin sei. Dieses Presse-Statement wurde jedoch ein durchschlagender Erfolg. Toms Konterfei prangte auf den Frontseiten der Tageszeitungen. Eine Boulevardzeitung verstieg sich zur Schlagzeile: »Der neue Robin Hood der Ökobewegung!«

Ein solches Medienecho war Wasser auf die Mühlen der Umweltaktivisten und würde ihnen Mitglieder in Scharen zutreiben. Die Medien liebten schlichte, prägnante Botschaften, spektakuläre Bilder und charismatische Helden. Aus diesem Grund planten sie ihre nächste Unternehmung mit ähnlichem Aufmerksamkeitspotential.

Inzwischen hatte sich Tom zusammen mit weiteren ehemaligen Anhängern von der »grünen Bewegung« abgespalten, da diese ihnen zu lasch war. Um für die Öffentlichkeit identifizierbar zu sein, benötigten sie einen Namen. Nach kontroversen Diskussionen entschieden sie, sich »Anti-Auto-Aktivisten« zu taufen. Das ließ sich simpel in »AAA« abkürzen und einprägsam anhand eines Logos darstellen.

Tom war der Kopf und Stratege der Gruppe, die aus einer Handvoll kämpferischer und radikalisierter Burschen bestand. Sie entschlossen sich, bei einer erneuten Aktion eine Doppelstrategie zu fahren. Zum einen wollten sie den Mobilitätswahn ins Visier nehmen, zum anderen sollte ein Repräsentant des verhassten Systems zur Zielperson werden.

Tom hatte dabei einen Journalisten im Auge, der in der überregionalen Zeitung wiederholt kritisch - und wie er fand, herablassend - die Proteste der »grünen Bewegung« kommentiert habe. Tom hatte durch seine Recherchen herausgefunden, dass dieser »Schmierfink«, wie er ihn bezeichnete, ein Haus in einem Einfamilienhausquartier Riehens, eines noblen Basler Vorortes, bewohnte. Tom hatte in Erfahrung gebracht, dass er verheiratet sei und zwei Kinder habe. Und, was von Bedeutung sei, er besitze ein überdimensionales Fahrzeug, einen SUV, exakt die passende Karosse, um ihre Botschaft rüberzubringen.

David galt im Bündnis der eingeschworenen Aktivisten als Novize. Einige Mitglieder hatten Vorbehalte, ihn in den innersten Zirkel aufzunehmen, ohne seine Gesinnung einer genaueren Prüfung zu unterziehen. Tom unterband diese Diskussionen. Er lege seine Hand für David ins Feuer, meinte er kategorisch. David sei durch und durch loyal und habe die richtige Überzeugung. Zudem sei er couragiert und auf ihn sei Verlass.

Es waren die letzten Tage kurz vor dem Christfest. Die ganze Stadt glühte im vorweihnachtlichen Fieber. Die Schaufenster, Straßen und Vorgärten funkelten und blinkten voller bunter Lichterketten. Schneematsch lag am Straßenrand und die Luft roch nach einem aufziehenden Schneeschauer.

David, Tom und Sebastian, ein weiteres Mitglied der »AAA«, hatten ausgemacht, an diesem Abend ihr Vorhaben in die Tat umzusetzen. Für David bedeutete dies das Initiationsritual, die Eintrittskarte in das Bündnis. Er wurde auserkoren, unter scharfer Beobachtung der beiden anderen, diesen Coup durchzuziehen.

Dementsprechend war er auf der Fahrt in sich gekehrt und angespannt. Sie hatten entschieden, dass im Bus jeder für sich alleine sitzen sollte. Für Uneingeweihte durften sie nicht als Team erkennbar sein. Alle drei hatten dunkle Hosen und Jacken sowie Laufschuhe angezogen. David schulterte einen Rucksack. In dessen Inneren lagen Sturmhauben, Handschuhe, Schals, alle in Schwarz, ein Geißfuß und vor zudringlichen Blicken verhüllt und vor Erschütterungen geschützt, zwei Molotowcocktails.

Sie fuhren mit dem Bus bis zur Endstation. Sie waren die letzten Fahrgäste, die ausstiegen. Im Abstand von zehn Metern folgten sie einander durch das menschenleere, stockdunkle Quartier. Tom, der den Weg ein paar Tage zuvor ausgekundschaftet hatte, ging voraus. Vom nahen Kirchturm schlug es zwölf.

Das Haus des Journalisten lag am Rande der Siedlung. An die Rückseite des Gebäudes grenzte ein Waldstück, das ihnen als Zufluchtsort dienen sollte. Auf der gepflegten Rasenfläche waren die letzten Überreste eines tauenden Schneemannes zu erkennen.

Sein verrutschtes Grinsen hatte etwas Dämonisches. Auf der akkurat gekiesten Parkfläche stand der SUV, ein schwarzer, bulliger, hochpreisiger Volvo. Dicht dahinter war ein Fiat 500 geparkt.

»Scheiße, zwei Fahrzeuge«, raunte David. »Das war nicht Teil des Vorhabens.«

»Das spielt keine Rolle«, zischte Tom. »Fackeln wir eben beide ab. Dieser Zeitungsfritze hat genug Kohle.«

Die Fenster waren dunkel. Im Haus schienen alle zu schlafen. Aus der Ferne erklang der Ruf eines Uhus. Sonst herrschte Stille. David zog wortlos die Mützen, Handschuhe und Schals aus dem Rucksack und verteilte sie. Sie zogen sie über. Mit seiner rechten Hand, die steifgefroren war, zog er den Geißfuß heraus. Mit der Linken packte er einen der Molotowcocktails. Die Glasflasche war mit einer Mischung aus Öl und Benzin gefüllt. Am Flaschenhals baumelte ein Stofffetzen in Form einer Zündschnur.

David behielt die Straße im Auge. Seine Begleiter hatten sich in sicherer Distanz hinter einen Busch verzogen. Niemand war zu dieser späten Stunde unterwegs. David hob den Geißfuß in die Höhe, um die Seitenscheibe des SUV einzuschlagen. In dieser Sekunde ging das Licht oben im Haus an. David duckte sich hinter das Fahrzeug. Durch das Fenster beobachtete er, wie ein korpulenter, breitschultriger Typ die Treppe herunterstieg, die Terrassentür zur

Seite schob und einen Rottweiler hinausließ. Der Hund beschnupperte den Schneemann, hob sein Bein und pinkelte genüsslich und langanhaltend dagegen. Die kargen Reste Schnee lösten sich wie ein Stück Zucker im Tee auf.

Dann drehte er seine Runde, die Nase schnüffelnd über den Rasen ziehend. Beim Gartenzaun, direkt vor David, keine Wagenlänge von ihm entfernt, kam der Hund zum Stehen. Er hob witternd seine Schnauze. Er begann zu knurren. Schließlich schlug er an, zuerst vereinzelt, dann penetranter. Sein Herrchen rief ihn zu sich. Als dieser nicht reagierte und weiter bellte, näherte sich der Mann dem Zaun. David presste sich mit aller Kraft gegen den Wagen, in der Hoffnung, mit der Karosserie zu verschmelzen und dadurch unsichtbar zu werden. Er hielt den Atem an, aus Angst, seine Dampffahne könnte ihn verraten. Er hörte, wie der Mann den Hund anschnauzte, er solle Ruhe geben, da sei nichts. Der Vierbeiner röchelte, als ihn der Besitzer am Halsband zurück in die Wohnung zerrte. Die Türe wurde zugezogen. Kurz darauf erlosch das Licht im ganzen Haus. Das aufgeregte Kläffen drang noch einen Moment aus dem Haus. Dann kehrte Stille ein.

Davids Knie und Hände zitterten. Er holte mehrmals tief Luft, bis er sich beruhigt hatte. Von nun an musste alles zügig ablaufen. Er umklammerte das Werkzeug und zertrümmerte die Seitenscheibe mit einem gezielten Schlag. Die Alarmanlage gellte los.

David hielt das Feuerzeug an die Zündschnur der Benzinflasche. Der Stofffetzen fing blitzartig Feuer. Er schmetterte den Molotowcocktail auf den Vordersitz des Wagens. Er zerschellte am Steuer, das Benzingemisch breitete sich aus und jagte explosionsartig durch den Innenraum. Die Hitze ließ die Autoscheiben bersten und die Flammen züngelten an der Hausfassade hoch. Die Szenerie wurde schauerlich erleuchtet.

David stürmte los, wie er in seinem Leben noch nie gerannt war. Ein paar Meter vor sich sah er seine beiden Freunde sprinten. Sie bogen am Ende der Straße scharf links über einen Wiesenpfad ab und erreichten den Waldrand. Da Neumond war, erkannten sie nur mit Mühe, wo sie entlang hetzten. David schlugen Äste ins Gesicht. Er spürte einen jähen, brennenden Schmerz an seiner Stirne.

Im Wald drosselte Tom, der vorauslief, sein Tempo. Sebastian und David schlossen auf. Davids Puls raste und er japste nach Luft. Sie standen zu dritt im Unterholz, verdeckt durch die Büsche, die kein Laub mehr trugen und schauten zurück zum Haus des Journalisten. Dort hatte sich inzwischen ein gigantischer Feuerball gebildet, der dicke, schwarze Rauchschwaden in den Nachthimmel spie.

Sie sahen, dass auf den Nachbargrundstücken die Lichter angingen und die Bewohner ins Freie stürmten. Aus Richtung der Hauptstraße, die mitten durchs Dorf führte, ertönten auf- und abschwellende Sirenenklänge. Feuerwehrautos rasten durch die Siedlung und tauchten die Fassaden in einen gespenstischen, blauen Lichtschein.

Die Brandstifter beobachteten, wie drei Mannschaftswagen stoppten, uniformierte Feuerwehrleute mit Atemschutzmasken aus den Fahrzeugen stürmten, Schläuche ausrollten und versuchten, das Inferno zu löschen, bevor die Flammen auf die benachbarten Gebäude übersprangen.

Die drei hatten sich an diesem schaurigen Spektakel genügend ergötzt und sattgesehen. Ihr Anschlag schien ein voller Erfolg zu sein. Tom klopfte David auf die Schulter. David hatte das Initiationsritual zu seiner absoluten Zufriedenheit bestanden und war von nun an ein vollwertiges Mitglied der »AAA-Vereinigung».

Sie schlichen aus dem Wäldchen. Bei einem Abfallkübel entledigten sie sich ihrer Mützen, Schals und Handschuhe, verabschiedeten sich und begaben sich in entgegengesetzte Richtungen auf den Heimweg. Jetzt erst, nachdem sein Adrenalinspiegel gesunken war, spürte David den stechenden Schmerz auf seiner Stirne.

Am nächsten Morgen durchforstete David als Erstes auf seinem Handy die Online-Portale der verschiedenen Zeitungen. Bei einem Boulevardblatt blieb er an einem in fetten Lettern geschriebenen Titel hängen:

»Brandanschlag auf stadtbekannten Journalisten«.
David las fieberhaft weiter: »Gestern Nacht wurde der
Journalist Bernd Luchsinger Opfer eines hinterhälti-
gen Brandanschlages. Vor seinem Haus in Riehen
schlugen gegen Mitternacht ein oder mehrere Täter
die Scheibe seines Wagens ein und warfen einen
Brandsatz hinein. Das Großaufgebot der regionalen
Feuerwehr vermochte das Auto und den Zweitwagen
der Familie Luchsinger nicht mehr zu retten. Durch
den böigen Wind sprangen die Flammen auf das Haus
über.....«

Kopflos brach David die Lektüre ab. Genau dies
hätte nicht passieren dürfen. Mit dem Abfackeln des
Autos wollten sie ein Zeichen setzen, und diesem
Schmierfinken einen Schuss vor den Bug geben. Nun
hatten sie das Wohnhaus in Schutt und Asche gelegt.
Darin befanden sich die Kinder und die Ehefrau des
Journalisten. Nicht auszudenken, falls jemand von den
Bewohnern übel zugerichtet worden wäre. David las
zaghaft weiter, nach jedem Wort pausierend: »....und
zerstörten den Wintergarten. Die Feuerwehr verhin-
derte, unter Aufbietung aller Kräfte, ein Übergreifen
auf das Hauptgebäude. Bernd Luchsinger, seine Ehefrau und seine beiden Kinder konnten sich wohlbehal-
ten ins Freie retten. Der Sachschaden beläuft sich
nach ersten Schätzungen auf dreihunderttausend Franken. Die Kriminalpolizei Basel ermittelt und bittet um
sachdienliche Hinweise.« David atmete auf.

Tom und David hatten beschlossen, zwei Wochen Funkstille zu wahren, um Gras über die Angelegenheit wachsen zu lassen. Dieser Coup hatte ein immenses Echo weit über die Kantonsgrenzen hinaus ausgelöst. Tagelang spekulierten die Medien, wer wohl die Hintermänner dieses Verbrechens waren und welche Motive dahinter stünden.

Leserzuschriften verurteilten den Brandanschlag mehrheitlich als heimtückisch und feige. Vereinzelte Stimmen konnten eine gewisse Sympathie nicht verhehlen. Sie vertraten den Standpunkt, man habe genug geredet. Einzig spektakuläre Aktionen bewirkten eine Veränderung im Bewusstsein der Leute. Dabei müsse man notfalls Opfer in Kauf nehmen. Die ungebremste Zerstörung des Planeten hätte am Ende weit mehr Menschenleben zur Folge.

David verbrachte die meiste Zeit zu Hause vor dem PC und las die Zeitungsartikel mit den Leserkommentaren. Wenn er Katja nicht begegnen wollte, verließ er die Stadt, um bei Wind und Wetter durch die Wälder zu streifen und seine Gedanken zu sortieren. In seinem Inneren lieferten sich zwei widerstreitende Stimmen einen heftigen Kampf. Die eine verurteilte die Gewalt und Zerstörung, die er über diese Familie gebracht hatte. Sie versuchte, sich auszumalen, was sich in diesen Menschen abspielte, welche Ängste sie durchlitten. Die andere rechtfertigte dieses Unter-

fangen als Akt der Selbstverteidigung, die man voll-
strecken musste, um zukünftig weit Tragischeres zu
verhindern. David beschwichtigte sich damit, dass
physische Gewalt gegen politische Gegner die rote
Linie wäre, die er nie überschreiten würde.

19

Einige Tage später saß David beim Frühstück. Katja hatte leichtes Fieber und war zu Hause geblieben. Sie hatte sich auf dem Sofa hingelegt. Andrej hatte sie in die Obhut der Großmutter gegeben. An der Türe schellte es dreimal kurz hintereinander. David erwartete um diese frühe Stunde niemanden. Er erhob sich und öffnete die Haustüre. Draußen stand eine schätzungsweise fünfzigjährige, großgewachsene, hagere Frau. Die dunkelblonden Haare, durchzogen mit ersten grauen Strähnen am Scheitel, hatte sie straff nach hinten gekämmt und zu einem Pferdeschwanz zusammengebunden. Etwas versteckt, schräg hinter ihr, entdeckte David einen Mann in den Zwanzigern, der einen Kopf kleiner als die Frau war und einen mausgrauen Anzug trug, der ihm zwei Nummern zu groß war.

»Guten Tag«, begrüßte ihn die Dame mit schneidiger Stimme. »Mein Name ist Merian, Kriminalhauptkommissarin der Kriminalpolizei Basel. Dies ist mein Kollege Kauder.« Sie streckte David ungefragt den Dienstausweis unter die Nase, mit einem Foto drauf, das aus einer anderen Zeit zu stammen schien und eine charmante Frau zeigte, die mit der verhärmten Person vor ihm kaum Ähnlichkeit besaß. »Sind sie David Bader?«

David würgte die Reste des Butterbrotes hinunter und nickte.

»Dürfen wir kurz reinkommen und Ihnen ein paar Fragen stellen?«

Von drinnen hörte er Katja rufen, wer denn an der Türe sei.

»Zwei Polizeibeamte«, erwiderte David. Und zur Kommissarin gewandt, wollte er wissen, was ihr Anliegen sei.

Inzwischen hatte sich Katja vom Sofa aufgerafft und war im Flur erschienen. Sie stand mit strähnigen Haaren und käsig im Gesicht in ihrem Pyjama vor den Beamten. »Ist Andrej etwas passiert?«, fragte sie bange.

»Nein, Andrej geht es gut. Die Polizisten wollen uns nur ein paar Fragen stellen.«

David führte die Polizeibeamten ins Wohnzimmer und bot ihnen einen Platz auf dem Sofa an. Er holte eine Flasche Mineralwasser und schenkte den beiden ein Glas ein.

»Dürften wir erfahren, was Sie von uns möchten?«, erkundigte sich Katja.

»Wir möchten Ihrem Ehemann ein paar Fragen stellen«, entgegnete der jungenhafte Polizist.

»Wir sind nicht verheiratet, bloß befreundet. Und wir haben keine Geheimnisse voreinander, nicht wahr, David?« Dabei schaute sie ihn prüfend von der Seite an.

Die Kommissarin ergriff erneut das Wort: »Wir ermitteln im Zusammenhang mit einer Brandstiftung in Riehen. Möglicherweise haben Sie davon gehört oder gelesen?« Diese Frage richtete sie an David.

Katja und David schauten einander an.

»Ich entsinne mich vage an eine Schlagzeile in der Zeitung«, meinte David. »Wurde nicht das Auto eines Journalisten angezündet?«

»Korrekt.«

»Eine scheußliche Geschichte. Wenn ich mich recht entsinne, gab es keine Verletzten.«

»Wieder korrekt,« erwiderte die Kommissarin und wechselte einen kurzen Blick mit ihrem Kollegen. »Sie scheinen ein vorzügliches Gedächtnis zu haben. In diesem Fall erinnern Sie sich sicher ebenfalls, wo Sie Samstagabend, den 14. Dezember verbracht haben?«

David kratzte mit seinem rechten Fuß Linien auf das Parkett. Er blickte konzentriert zur Decke, als ob er überlegen müsste.

»Wir waren den ganzen Abend zu Hause,« fuhr Katja dazwischen. »Zuerst kochten wir Szegediner Gulasch, danach spielten David und mein Sohn Andrej »Mensch ärgere dich nicht«. Ich erinnere mich

180

daran, weil meine Mutter ursprünglich Andrej übers Wochenende hüten wollte, wegen einer hartnäckigen Erkältung aber absagen musste.«

David starrte Katja fassungslos und wie versteinert an. Dies war eine eiskalte Lüge. Er konnte sich nicht entsinnen, in den letzten Monaten einen einzigen Samstagabend mit Katja und Andrej gemeinsam verbracht zu haben. Und an diesem besagten Samstag war er definitiv ausgeflogen und hatte das Auto des Journalisten abgefackelt.

Ihre Beziehung war in den vergangenen Wochen auf dem Tiefpunkt angelangt. Sie besprachen nur das Allernötigste. Ansonsten ging jeder seinen Weg. Vor Andrej mimten sie das glückliche Paar, um in ihm nicht die Hoffnung zu zerstören, in einer intakten Familie aufzuwachsen. Welcher Teufel mochte Katja geritten haben, ihm dieses falsche Alibi zu verschaffen?

»Dann ist ja alles bestens,« meinte die Kommissarin kühl und ließ David nicht aus den Augen.

»Weshalb fragen Sie mich nach meinem Alibi für den Tatzeitpunkt?«, erkundigte sich David.

»Wir erhielten ein Bekennerschreiben einer Ökobewegung mit dem Namen »Anti-Auto-Aktivisten«. Wir befragen systematisch Personen aus diesem Umfeld, die wir bereits früher polizeilich erfasst hatten. Da Sie aber ein wasserdichtes Alibi haben, können wir Sie von der Liste streichen.« Die

Kommissarin lächelte David und Katja vielsagend an. Sie erhob sich. Beim Verlassen der Wohnung meinte sie beiläufig: »Ihre Schramme an der Stirne scheint sich entzündet zu haben. Ich würde sie einem Arzt zeigen.«

Der Polizist, der bisher geschwiegen, jedoch aufmerksam zugehört hatte, kannte seine Chefin gut genug, um zu wissen, dass sie David nicht so schnell wieder vom Haken lassen würde.

Als die Türe hinter den Beamten ins Schloss fiel, sackte David auf einen Küchenstuhl und stieß einen tiefen Seufzer aus. Er suchte im Küchenschrank eine Zigarette und entzündete diese, obwohl Katja es hasste, wenn er in der Wohnung rauchte.

Was hatte die Kommissarin beiläufig von einem Bekennerschreiben gefaselt? David hatte keine Kenntnis von einer solchen Nachricht. In ihrer Gruppe hatten sie das nie abgesprochen. Hatte vielleicht Tom eigenmächtig dieses Schreiben verfasst und verschickt? Das wäre ein sinnloses, ja leichtsinniges Unterfangen. Dadurch waren sie auf dem Radar der Polizei aufgetaucht. Oder hatte die Kommissarin ihm, wie man gelegentlich in zweitklassigen Krimis las, einen Fallstrick ausgelegt?

David traute dieser Polizistin nicht über den Weg. Sie erweckte den Anschein von Biederkeit, doch sie musste etwas auf dem Kasten haben, sonst hätte sie es bei der Polizei nicht bis zur Kriminalhauptkommissarin gebracht. Ihr undurchsichtiges Grinsen und ihre Bemerkung, er solle seine Wunde behandeln lassen, verunsicherten David zusätzlich. Ahnte sie, dass er sich diese schlecht heilende Verletzung auf seiner Stirne auf der Flucht nach dem Brandanschlag zugezogen hatte? Und aus welchen Gründen hatte Katja die Polizisten hinsichtlich des Alibis brandschwarz belogen? Was wusste sie über den Anschlag?

Die folgende Nacht lag er wach und fand keine Ruhe. Seine Gedanken drehten sich im Kreis. Er fühlte sich eingesperrt wie ein Tiger im Käfig. Angst schnürte ihm die Kehle zu. Er malte sich aus, wie die Polizistin die Schlinge immer enger um seinen Hals zog. Er dachte fieberhaft nach, ob sie beim Brandanschlag Fehler gemacht hätten, ob es Indizien gab, die auf sie hindeuteten. Hatte er Fingerabdrücke oder Haare am Tatort hinterlassen, mithilfe derer die Beamten auf seine DNA schließen konnte? Womöglich hatte dieser Journalist oder ein neugieriger, schlafloser Nachbar ihn beobachtet und eine Personenbeschreibung abgegeben.

Um sich abzulenken und die peinigenden Gedanken loszuwerden, ergriff David sein Handy und surfte im Internet. Er rief verschiedene News-Seiten auf. Tagaus und tagein der gleiche Einheitsbrei aus barbarischen Kriegen, Raubbau in den Urwäldern, Terrorangriffen in Afrika, korrupten Politikern, die Gelder in ihre eigenen Taschen abzweigten. Dazwischen gestreut, wie Mandelsplitter über den Kuchen, Klatschgeschichten zu abgehalfterten Promis, die fremdgingen, und, nachdem ihre Seitensprünge aufgeflogen waren, öffentlichkeitswirksam und zerknirscht um Vergebung winselten. Das Sahnehäubchen bildeten tragische Unfälle und Gewalttaten.

David überflog diese vermischten Meldungen. Sein Blick blieb an einem Dreizeiler kleben: »In der katholischen Kirche Leimens fand gestern Abend eine Kirchgängerin den altgedienten und beliebten Dorfpfarrer schwer verletzt vor. Trotz der rasch herbeigerufenen Rettungskräfte verstarb der sechzigjährige Priester vor Ort. Die Untersuchungsbehörde ermittelt in alle Richtungen. Zur Todesursache wollte sie keine Stellung beziehen.«

Mehrmals las David die Zeilen, um sicherzugehen, dass es sich um denselben Pfarrer handelte, der ihm während seiner Pubertät das Leben zur Hölle gemacht hatte. Er sog die Worte wie ein ausgetrockneter Schwamm auf. Sein Puls schlug rasend schnell, seine Finger krallten sich in die Handy-Hülle. Die Hände zitterten. Die Buchstaben begannen vor seinen Augen zu tanzen. Sein Kiefer vibrierte und sein kräftiger Körper wurde durchgeschüttelt, als ob er fröstelte. Das Handy glitt zu Boden. Er vermochte seine angestauten Tränen nicht mehr zurückzuhalten. Er rollte sich wie ein tief verletztes Kind auf dem Bett

zusammen und schluchzte hemmungslos. Sein lang-
jähriges Martyrium hatte ein Ende gefunden.

20

Heute war passendes Wetter, die erste Ausfahrt des Jahres mit dem Motorrad zu wagen. Es war kühl, die Straßen dagegen waren trocken. Tom wollte nicht erst losziehen, wenn im März der ganze Pulk der Hobbybiker ihre Maschinen entmotten und und losdonnern würde. Er zwängte sich in sein Lederkombi, das über dem Bauch etwas spannte, klemmte den Integralhelm unter den Arm und griff nach den Schlüsseln.

Er hatte sich vor zwei Jahren von dem Geld, das seine Eltern als Vorerbe ausgeschüttet hatten, ein geiles Gefährt gekauft, eine Kawasaki Ninja Zx-10r. Das Zweirad stand, versteckt vor ungebetenen Blicken, in einer gemieteten Garage ein paar Straßen weiter. Seine Freunde brauchten von seinem exquisiten Hobby nichts zu erfahren. Sollten diese Ökofundis weiterhin denken, er bewege sich einzig mit dem Fahrrad und den öffentlichen Verkehrsmitteln fort.

Tom schob das Garagentor zur Seite. Da stand sein Motorrad, sein Augenstern, in einem grellen Lime green, rabiat, mit brachialer Kraft und obszön schnell. Er hatte die Maschine nachts auf einer kaum befahrenen deutschen Autobahn auf Touren gebracht. Der Tachonadel zeigte 300 km/h. Und dabei hatte er das Geschoss nicht einmal bis zum Anschlag beschleunigt. Er hatte das irre Gefühl ausgekostet und sein Körper hatte Adrenalin ohne Ende produziert.

Vor der Garage schaute er sich rasch um. Niemand war zu sehen. Er bestieg das Gefährt, warf den Motor an und ließ ihn aufheulen. Welch Sound in seinen Ohren!

Er fuhr zügig zur Stadt hinaus, wählte schmale, kurvenreiche Landstraßen durch die Erhebungen des Juras. Zuerst etwas eingerostet, verschmolz er allmählich mit seiner Ninja. Vor den Kurven bremste er kurz an, legte die Maschine nieder und beschleunigte danach rasant. Er überholte mit halsbrecherischen Manövern die perplexen Sonntagsfahrer, die gemütlich durch die Landschaft zuckelten. Er hatte ein klares Ziel vor Augen.

Nach einer einstündigen Fahrt stieg Tom in einem verlassenen Dorf steif und durchfroren vom Bike. In diesem Kaff hatte David seine Kindheit verbracht. Auf dem Hügel vor ihm erhob sich die ehrfurchtgebietende gotische Kirche. Hier also hatte David über Jahre als Messdiener amtiert und sich durch diesen widerwärtigen Pfaffen befingern und missbrauchen lassen. Alles unter den Augen Gottes. Für Tom war es ein weiterer Beweis, dass dieser nicht existieren konnte, sonst hätte er solches Leid verhindert.

Tom hatte von diesen widerlichen Übergriffen durch Katja erfahren. Er war ihr vor einiger Zeit zufällig in der Stadt über den Weg gelaufen. Sie sprachen über Belangloses, bis Tom sie mit einer Äußerung in Bezug auf ihre ramponierte Beziehung in Rage brachte. Er hatte keine Ahnung mehr, welche Bemerkung zum Eklat führte. Plötzlich kreischte Katja mit hochrotem Kopf, er, Tom sei ein Taugenichts. Er sei ein Spieler, ein Egomane, der seine Mitmenschen für seine Zwecke missbrauche. David sei, trotz seiner belasteten Kindheit, das pure Gegenteil: rücksichtsvoll und hilfsbereit.

Als Tom grinsend wissen wollte, was diesem Bürschchen denn Dramatisches in seinem banalen Leben widerfahren sei, schleuderte sie ihm an den Kopf, David habe seine Mutter früh bei einem Autounfall verloren und sei überdies durch den Dorfpfarrer jahrelang missbraucht worden. Ob das ausreiche? An ihren schreckgeweiteten Augen erkannte Tom augenblicklich, dass ihr die Geschichte über den Missbrauch rausgerutscht war und ein Geheimnis zwischen David und Katja hätte bleiben sollen.

Nun stand Tom vor diesem für David traumatischen Ort. Er hatte im Internet recherchiert, dass der aktuelle Pfarrer Schäfer hieß und der Kirchgemeinde seit 30 Jahren diente. Es schien derselbe Priester zu sein, der vor mehr als einem Jahrzehnt David missbraucht hatte. Tom hatte nachgeforscht, ob der Prediger sich an weiteren Ministranten vergangen habe und es zu einer Verurteilung gekommen sei. Er entdeckte aber nur Lobeshymnen auf dieses Dreckschwein. Er sei ein engagierter Christ, dessen gelebter Glaube und dessen Güte weit über die Pfarrei hinausleuchteten, der von den Jugendlichen geschätzt, ja geliebt werde und sich um ihr Wohlergehen bemühe. Genau mein Humor, dachte Tom ätzend. Er bereitete ihnen Wohlbefinden, indem er ihnen an die Wäsche ging und sie sexuell stimulierte.

Tom wollte diesem Pharisäer einen Besuch abstatten, ihm in seine heuchlerischen Augen blicken und klarstellen, dass es einen Mitwisser für sein erbärmliches Treiben gebe. David traute er nicht zu, sich hinzustellen und diesen Pfaffen für seine Taten zur Rechenschaft zu ziehen. Dazu war er zu lasch.

Es war später Nachmittag. Die Sonne warf ihre letzten Lichtstreifen vom gegenüberliegenden Hügel an die Kirchturmspitze und überzog sie mit einem goldenen Schimmer. Tom stieg die Stufen zum Hauptportal hinauf. Er drückte auf die Klinke und trat in die Stille der Kirche ein. Drinnen war es schummrig. Vorne beim Altar flackerten zwei mannshohe Kerzen. Davor kniete ein älterer, korpulenter Herr im Talar. Er war in ein Gebet vertieft und schenkte dem Eintretenden keine Beachtung. Und er wandte ihm seinen Rücken zu. Tom schritt seelenruhig auf den Knienden zu. Eine Armlänge von ihm entfernt räusperte er sich.

Nachdem dieser keinerlei Reaktion zeigte, täuschte Tom einen Hustenanfall vor. Der ältere Herr drehte sich unwillig um.

»Sind sie Pfarrer Schäfer?«, erkundigte sich Tom.

»Wieso wollen Sie dies wissen?«, konterte der Mann gereizt. »Wenn ich mein Zwiegespräch mit dem Herrn halte, wünsche ich, ungestört zu sein!« Damit wandte er sich wieder ab und vertiefte sich erneut in sein Gebet.

Nichtbeachtung war für Tom seit Kindestagen unerträglich und ließ ihn die Fassung verlieren. Er machte einen Satz auf den Knienden zu, packte ihn am Kragen, zog ihn auf die Füße und herrschte ihn an: »Ich bin ein guter Freund von David Bader. Klingelt's bei Ihnen?«

Der Pfarrer glotzte Tom mit seinen zu eng stehenden, verquollenen Augen fassungslos an. Obwohl Tom kein Riese war, überragte er den untersetzten, schmerbäuchigen Priester um einen halben Kopf. Und in Bezug auf die Körperkraft war er ihm weit überlegen. Hinter der Stirn des Pfarrers arbeitete es. Tom vermutete, dass er sofort Bescheid wusste, von wem er sprach.

»David Bader..... ja, ich entsinne mich an eine Person dieses Namens, die ab und zu in den Gottesdienst kam.«

»Ich bin überzeugt, Sie wissen präzise, wen ich meine. David war Ihr Lieblingsministrant. Sie kannten ja jedes Einzelteil an ihm. Oder soll ich mich deutlicher ausdrücken?«

In Schäfers Gesicht breitete sich Zornesröte aus. Die Adern an den Schläfen schwollen an, seine wässrigen Augen verengten sich zu Schlitzen. »Verlassen Sie sofort diesen gesegneten Ort, sonst rufe ich die Polizei!«

Der Pfarrer befreite sich mit einem Ruck aus der Umklammerung und zog mit einer flinken Handbewegung, die man ihm nicht zugetraut hätte, unter dem Talar das Handy hervor. Seine Finger flogen über die Tasten. Tom riss ihm das Gerät aus der Hand und schleuderte es gegen den Altar. Er schaute sich suchend um. An der Wand, schräg hinter dem Opfertisch, entdeckte er ein mannsgrosses Kruzifix, an dem der gekreuzigte Jesus hing. Tom packte es mit beiden Händen und hebelte es aus der Verankerung. Er stemmte das klobige Holzkreuz wie einen Vorschlaghammer in die Luft und ließ es auf den Kopf des Pfarrers hinuntersausen. Es knackte, als ob ein dicker Ast von einem Baum abbrach. Tom konnte nicht mit Gewissheit sagen, ob es das Kreuz oder die Schädeldecke des Pastors waren, die dieses splitternde Geräusch verursachten. Mit weit aufgerissenen Augen und verwundertem Blick sackte der Gottesmann zusammen.

Das Blut bildete unaufhaltsam eine Lache auf den weißen Marmorplatten. Der Pfarrer stöhnte. Seine

Lippen bewegten sich, als wollten sie noch etwas kundtun. Tom beugte sich hinunter und hielt sein Ohr nahe an dessen Gesicht.

»Es ….tut mir….leid«, flüsterte der Priester mit brechender Stimme.

»Deine Reue kommt zu spät«, erwiderte Tom frostig.

Tom musste sich beeilen. Jederzeit konnte sich die Pforte öffnen und ein Kirchgänger zum Gebet eintreten. Er zupfte sein Taschentuch hervor, entfaltete es behutsam, entnahm ein dunkles Haar und platzierte es auf dem Talarkragen des Geistlichen. Mit dem Tuch wischte er seine Fingerabdrücke und das Blut auf dem Kruzifix weg und befestigte den gekreuzigten Christus wieder an den Wandhaken. Der Pfarrer rang nach Atem. Sein Körper krampfte. Ohne den Priester eines weiteren Blickes zu würdigen, stahl Tom sich durch den Seitenausgang des Gotteshauses davon.

21

David schaute sich um. Der Raum, in dem er wartete, wirkte funktional und kühl. Einzig eine Yucca-Palme, die auf der Fensterbank vor der vergitterten Scheibe ums Überleben kämpfte und ein vergilbter Kalender mit Leuchttürmen, der schräg an der Wand hing, deuteten darauf hin, dass dieses Zimmer einst eine persönlichere Note besaß. Auf einem schiefen Holzgestell aus den Siebzigerjahren standen Ordner in Reih und Glied. Auf deren Rücken prangten nicht zu entschlüsselnde Zahlen- und Buchstabenkombinationen. Auf dem abgewetzten Schreibtisch leuchtete eine Tischlampe und verbreitete ein schummriges Licht.

An der gegenüberliegenden Wand bemerkte David ein Fahndungsplakat. Ein nicht unsympathisch wirkender junger Mann war darauf abgebildet. David stellte sich vor, dass dieser etwa gleichaltrige Bursche ein Mitglied ihrer Gruppe hätte sein können. In dicken roten Lettern prangte darüber: »Gesucht wegen Mordes«. Für die Aufklärung des Verbrechens werde eine Belohnung von Fr. 10'000.- ausgesetzt.

Die Türe flog auf. Kriminalhauptkommissarin Merian trat ein. Im Schlepptau hatte sie den jungenhaften, farblosen Polizisten, dessen Name David im Augenblick nicht mehr präsent war.

»Entschuldigen sie die Verspätung«, sagte die Polizistin ausgesucht höflich. »Leider kam ein dringendes Telefonat dazwischen. Möchten Sie etwas trinken. Mineral, Kaffee?«

»Gerne einen Kaffee«, erwiderte David.

Die Kommissarin signalisierte dem Kollegen, drei Tassen Kaffee zu beschaffen. Sie wandte sich wieder David zu: »Wir haben Sie aufs Kommissariat gebeten, da wir noch ein paar Fragen hätten.«

»Handelt es sich nach wie vor um den Brandanschlag beim Journalisten?«, wollte David wissen.

»Nein, zurzeit befassen wir uns mit einem anderen Delikt. Haben Sie von dem Fall des ermordeten Priesters in Leimen gehört?«

In Davids Hals bildete sich ein Kloß. Die Sache nahm abrupt eine neue Wendung. Er hatte nicht damit gerechnet, wegen der Geschichte mit Pfarrer Schäfer vorgeladen zu werden. Er konnte sich keinen Reim darauf bilden, wie diese Kommissarin zwischen ihm und dem Pfarrer einen Bezug herzustellen vermochte. Neu war für ihn auch, dass der Geistliche ermordet worden sei. Im Zeitungsartikel hatte nichts von einem Verbrechen gestanden. Er hatte angenommen, dass er entweder an einem Herzinfarkt oder durch einen

Unfall ums Leben gekommen sei. Da David mit Pfarrer Schäfer vor über zehn Jahren das letzte Mal Kontakt hatte, war er sich keiner Schuld bewusst und entgegnete bestimmt: »Ich habe am Rande darüber gelesen.«

»Sie scheinen ein belesener junger Mann zu sein. Kennen oder besser gesagt, kannten Sie diesen Pfarrer? Er hieß übrigens Schäfer.«

David schien nachzudenken. »Gehört habe ich diesen Namen bereits«, wich er aus. »Womöglich sind wir uns mal begegnet.«

»Das verwundert mich. Unsere Ermittlungen ergaben, dass sie in Leimen aufgewachsen sind und dort die Schule absolviert haben. Vermutlich mussten sie dem katholischen Dorfpfarrer in einem winzigen Dorf wie Leimen fast täglich über den Weg laufen.«

Sie beobachtete David mit Argusaugen.

Er fummelte an seinen Stirnfransen und rief dann erstaunt: »Ich hatte keine Ahnung, dass es sich bei dem Opfer um unseren Priester handelte. Ja, ich kannte ihn flüchtig. An Weihnachten besuchten mein Vater und ich zuweilen die heilige Messe.«

Unterdessen war der Polizist mit drei dampfenden Kaffeebechern diskret zur Türe hereingetreten. Einen Becher stellte er vor David auf den Tisch. Dieser nickte ihm dankend zu und griff gierig nach dem Getränk. Er war erleichtert über diese Ablenkung. Jetzt konnte er seinen rauen Hals befeuchten.

Eine Weile herrschte gespannte Ruhe. Die Kommissarin blätterte in ihren Unterlagen und schien nach irgendetwas zu suchen. Sie hob ihren Blick und musterte David.

»Die Wunde auf ihrer Stirne scheint verheilt zu sein.«

David griff sich an den Kopf. Er ertastete die Narbe. Er musste höllisch aufpassen. Diesem Weib traute er nicht über den Weg. Sie war wie eine schwarze Mamba; scheinbar phlegmatisch, schnellte sie den Kopf unvermittelt Richtung Beute und schlug ihre Giftzähne in ihr Opfer.

»Besitzen Sie ein grünes Motorrad?«, wechselte sie übergangslos das Thema.

»Ein Motorrad? Nein, ich fahre bloß ein Fahrrad. Alles, was einen Verbrennungsmotor benötigt, um sich zu fortzubewegen, ist mir zutiefst zuwider.«

»Ach so«, sagte die Polizistin maliziös. »Gilt das auch für SUV? Verachten Sie diese ebenso?«

»Legen Sie mir nach wie vor den Brandanschlag auf den Volvo dieses Journalisten zur Last? Ich war an jenem Abend mit Katja zusammen, was Sie Ihnen gegenüber bestätigt hatte.«

Die Blicke der Kommissarin durchbohrten ihn.

»Wie kommen Sie darauf, dass es sich bei dem Fahrzeug um einen Volvo gehandelt habe?«

»Ich denke,....das stand in der Zeitung«. David hatte seinen Fehltritt sofort bemerkt. Er verstummte.

»Gegenüber der Presse haben wir bewusst die Automarke verschwiegen. Aber sie haben ja zumindest ein wasserdichtes Alibi.« Wieder setzte sie dieses abgründige Lächeln auf. »Ich bitte Sie, die nächsten Tagen die Stadt nicht zu verlassen und sich für weitere Fragen zur Verfügung zu halten.«

Mit diesen Worten erhob sie sich. David war sich nicht sicher, ob er nun entlassen war. Sie öffnete die Türe ihres Dienstzimmers und blieb unter dem Türrahmen stehen.

»Jetzt hätte ich es fast vergessen: Wir haben mit Ihrem Vater gesprochen. Ein äußerst zuvorkommender, leider etwas gebrochener Mann. Sie beide hatten ja einen schweren Schicksalsschlag zu verkraften. Da kann die Psyche schon etwas durcheinandergeraten. Was wollte ich sagen….? Ach ja, Ihr Vater erzählte uns, Sie hätten jahrelang als treuer Messdiener in der katholischen Kirche bei Pfarrer Schäfer assistiert.«

Sie trat zur Seite, reichte David die Hand und ließ ihn vorbei. Das Lächeln war aus ihrem Antlitz gewichen. Ihre Gesichtszüge wirkten maskenhaft und frostig.

Vor der Polizeiwache atmete David tief durch und zündete sich eine Zigarette an. Diese Befragung war für ihn denkbar ungünstig abgelaufen. Nicht genug, dass er sich in Bezug auf die Marke dieses verflixten SUV verplappert hatte. Diese Schlange von Polizistin hatte ihn ebenso der Lüge überführt, er habe Pfarrer Schäfer flüchtig gekannt. Wie hatte sie herausbekommen, wer sein Vater war und wo er lebte? Wenn es beschissen lief, musste er am Ende noch für den Mordanschlag an Pfarrer Schäfer geradestehen.

22

David fuhr mit dem Rad ziellos durch die Stadt. Er war aufgewühlt und verzweifelt. Sein Selbstwert war auf dem Nullpunkt angelangt und er hatte keine Ahnung, wohin sein Leben steuerte. Seine Vorsätze, sich moralisch korrekt zu verhalten, seine Mitmenschen zu achten und die Welt lebenswerter zu gestalten, die seit der Jugend sein Fundament bildeten, hatte er ohne Not über Bord geworfen. Er hatte sich in einen selbstgerechten Schuft verwandelt der, egoistisch und gewalttätig, seine Anschauung den anderen aufzwingen wollte. Er nahm in Kauf, dass dabei Menschen zu Schaden kamen. Er war keinen Deut besser als dieser Journalist, dessen Auto er abgefackelt hatte. Im Gegenteil: Dieser nahm Verantwortung für seine Familie wahr. Er hatte sich und seinen Angehörigen ein Nest erbaut, eine Heimat erschaffen, die er, David, mutwillig zerstören wollte. Der Redakteur übte seine Tätigkeit mit Engagement und Courage aus, mochte er die Welt auch anders sehen als er.

David lebte zwar zusammen mit Katja und Andrej. Aber sorgte er sich um sie oder beschützte er sie?

Auch finanziell steuerte er kaum etwas für die Gemeinschaft bei. Das Geld, das er zum Leben benötigte, schnorrte er vom kargen Einkommen seines Vaters, zu dem er keinen Draht mehr fand. Er kam sich vor wie ein Stricher, der sich für seine Dienste bezahlen ließ. Dabei hatte er den unausgesprochenen Deal, Bares gegen Ausbildung, einseitig gekündigt. Er hatte sein Studium hingeschmissen und war auf lange Sicht außerstande, auf eigenen Beinen zu stehen.

Was geschähe, wenn er eben mal zum Kiosk ginge, um Zigaretten zu kaufen, und dann für immer verschwände? Hinterließe er eine Lücke? Würde Katja ihm nachtrauern oder wäre sie erleichtert, durch ihn eine Bürde loszuwerden?

In diesem Augenblick wünschte er sich nichts sehnlicher als einen Menschen an seiner Seite, der ihm zuhörte, ohne ihn zu verurteilen, jemanden, der ihn in den Arm nahm, tröstete und aufbaute. In Gedanken versunken stand er unverhofft vor dem Altersheim Rosengarten. Er erinnerte sich, dass Susanne, seine mütterliche Freundin aus früheren Tagen, die er seit Jahren aus den Augen verloren hatte, ihren Lebensabend hier verbrachte. Ihr Bruder hatte davon gesprochen, dass sie einen schweren Schlaganfall erlitten habe und gesundheitlich angeschlagen sei. Womöglich war sie inzwischen verstorben.

David stellte sein Fahrrad in den Radständer neben dem Haupteingang und schloss es ab, obwohl er kaum damit rechnete, dass es an diesem Ort gestohlen würde. Er schritt durch die Drehtür. Im Eingangsbereich roch es penetrant nach Desinfektionsmittel. Ein Strauß aus Sonnenblumen, Kornblumen und Grünzeug stand auf einem Tisch und malte einen Farbklecks in die weißgetünchte Halle. Ihm fiel ein, dass er diesmal keine Sonnenblumen dabeihatte.

David schritt auf die Rezeption zu. Hinter einer Glasscheibe saß eine junge Empfangsdame, die geschäftig in ihren Papieren wühlte und David ignorierte. Erst als er sich räusperte, hob sie missmutig den Kopf und fragte kurz angebunden: »Sie wünschen?«

»Lebt bei Ihnen eine alte Frau namens Susanne Meister?«

»Eine Seniorin dieses Namens genießt tatsächlich ihren Lebensabend in unserer Residenz« korrigierte sie ihn indigniert. »Wen darf ich melden?«

»Ich heiße David Berger. Ich bin ein Bekannter von Frau Meister aus früheren Tagen.«

Die Rezeptionistin hob den Hörer ab und nuschelte etwas ins Telefon, das David nicht verstand. Er war erleichtert, dass Susanne noch am Leben war.

»Frau Meister sitzt an ihrem Lieblingsplatz, am Teich im Garten«, meinte die Dame. »Sie können den Speisesaal durchqueren.« Bei den letzten Worten hatte sie sich bereits wieder ihren Akten zugewandt.

David durchschritt den Essraum. An den Tischen saßen Betagte, die ihn voller Neugier musterten oder apathisch in die Ferne stierten. David spazierte durch die parkähnliche Anlage. Alte, knorrige Buchen und Linden warfen ihre kühlenden Schatten auf den Rasen. Kieswege waren ineinander verflochten und schlängelten sich durch akribisch gemähte Rasenflächen. Verwaiste Bänke standen am Weg. Mitten im Park glitzerte ein Teich, umringt von blauen Iris und getupft mit Seerosen. Eine Wasserfontäne schoss in die Höhe. Das Licht brach sich in den Tröpfchen und ließ einen Regenbogen schillern.

Am Rande des Weihers, auf einem Rollstuhl, saß zusammengesunken eine alte Frau. Obwohl sie ausgemergelt war, erkannte David sofort Susanne. Ihren Kopf ließ sie baumeln und schien zu dösen. Um sie nicht zu erschrecken, näherte er sich auf Zehenspitzen. Drei Schritte von ihr entfernt, drehte Susanne ihren Kopf ihm zu. Sie hatte eine Sonnenbrille aufgesetzt. Ihr ehemals rundes, volles Gesicht mit dem Doppelkinn sah hohlwangig aus. Die Haut spannte wie Pergament über die hervorspringenden Knochen.

»Hallo, wer ist da?«, ertönte Susannes verwaschene, nach wie vor warme Stimme.

»Ich bin's, David Berger.«

Susannes Lippen formten sich zu einem Lächeln. In ihr Gesicht gruben sich tiefe Furchen, die ein bewegtes Leben abbildeten.

»Oh, wie ich mich freue, dich wiederzusehen, mein David. Dass ich das noch erleben darf! Leider hat mein Augenlicht nachgelassen und ich habe dich nicht auf Anhieb erkannt.«

Sie streckte ihm ihre knochigen Hände entgegen, die David in seine breiten Pranken legte, umklammerte und nicht mehr losließ. Eine Zeit lang saßen sie schweigend nebeneinander, sie im Rollstuhl, er auf der Bank.

»Du hast mir gefehlt«, bemerkte Susanne. »All die Jahre habe ich mich gefragt, was wohl aus dir geworden sei und ob du ein glückliches Leben führest. Ich fürchtete, dich nie mehr wiederzusehen. Dutzende Male wollte ich von meinem Bruder erfahren, ob du nicht zufällig im Restaurant aufgetaucht seist und dich nach mir erkundigt habest. Jedes Mal schüttelte er den Kopf, bis er mir vor ein paar Monaten die freudige Nachricht überbrachte, du seist vorbeigekommen und habest nach mir gefragt. Da begann ich wieder zu hoffen. Jetzt sitzt du leibhaftig neben mir. Und ich bin der seligste Mensch auf Erden.«

Susanne wollte alles von David erfahren. Er erzählte ihr ausführlich von seinem Leben in der Stadt, von der Beziehung zu Katja und Andrej, von seiner Krise im Studium und seiner Freundschaft zu Tom. Susanne hörte gespannt und aufmerksam zu, ohne ihn zu unterbrechen. Als er geendet hatte, atmete sie hörbar aus.

»Ich kann deine Augen nicht sehen, vernehme aus deiner Stimme jedoch Enttäuschung, Melancholie, ja

Verbitterung auf diese Welt. Du warst stets der großgewachsene, verletzliche Junge mit dem aufrichtigen
Herzen. Du hattest, weiß Gott, keine unbeschwerte
Kindheit. Dennoch hast du dich wieder aufgerappelt,
warst zäh gegenüber deinen Schicksalsschlägen. Und
du hattest einen goldigen Humor, der dich über sämt-
liche Untiefen trug. Nun steht da ein Mann in der
Blüte seines Lebens vor mir, dem sich alle Chancen
bieten, der aber mit seinen Träumen abgeschlossen zu
haben scheint. Welch ein Verlust für den Planeten und
die Damenwelt! Wo ist David, der Kämpfer, geblieben?«

Während Susannes Ausführungen, die sie stockend
und kaum vernehmlich vortrug - am Ende jedes Satzes
nach Atem ringend -, hatte David mehrmals versucht,
etwas zu erwidern. Susanne ließ sich nicht beirren.

Trotz der tiefempfundenen Freude über ihr Wiedersehen, stieg leiser Ärger in David hoch. Er hatte sich
von Susanne Verständnis und Trost erhofft, nun
streckte sie ihm einen Spiegel hin. Und darin entdeckte er das Bild eines Schwächlings, eines Jammer-
lappens. Er ahnte, Susanne habe mit ihrem Urteil ins
Schwarze getroffen. Sie konnte ja nicht wissen, dass
er allen Grund hatte, zu verzweifeln. Er hatte sich zu
einem Kriminellen gewandelt und stand bei der Polizei unter Beobachtung. Diesen düsteren Teil seines
Lebens mochte er Susanne nicht beichten. Er wollte
den letzten Rest des positiven Bildes, das sie von ihm

hatte, nicht zerstören. Er zückte sein Handy und meinte mit gespieltem Erschrecken, er sollte längst zu Hause sein. Er habe Katja versprochen, sich um Andrej zu kümmern. Er presste Susannes gebrechlichen Körper an sich und gab ihr einen Kuss auf ihre faltige Stirn.

»Ich werde bald wieder vorbeikommen,« rief er ihr zu und hastete über die Rasenfläche davon. Vor dem Speisesaal drehte er sich nochmals nach ihr um und winkte zum Abschied. Sie vermochte ihn auf diese Distanz aber nicht mehr zu erkennen.

Hätte er geahnt, dass dies ihre letzte Begegnung war, hätte er sich aus verletztem Stolz nicht einfach davongeschlichen, sondern jede Minute in ihrem Beisein ausgekostet.

Ein paar Tage später erfuhr David von ihrem Tod. Susannes Bruder rief bei Katja an und teilte ihr unter Tränen mit, seine Schwester sei vor ein paar Stunden von ihren Leiden erlöst worden und sanft entschlafen. Sie habe ihm bei seinem letzten Besuch einen Brief an David ausgehändigt. Er werde ihr diesen zuschicken.

Als David an diesem Abend zu Katja und Andrej zurückkehrte, überschlugen sich die Ereignisse. Beim Betreten des Treppenhauses stürzte ihm Katja entgegen. Sie schien außer sich. Ihre Augen waren vor Angst geweitet. Aus ihrem Gesicht war die Farbe gewichen.

»David, du musst auf der Stelle verschwinden. Die Polizei war heute Nachmittag hier. Sie tauchten zu viert auf, hatten einen Haftbefehl und wollten dich abführen. Diese eiskalte Kommissarin hielt mir einen Wisch unter die Nase. Sie meinte, es gebe eindeutige Indizien, dass du den Priester ermordet habest. Anschließend haben sie unsere ganze Wohnung auf den Kopf gestellt.« Atemlos stieß Katja diese Sätze heraus. »Ich habe dir das Nötigste zusammengepackt. Damit wirst du ein paar Tage über die Runden kommen.«

Sie nahm einen prallgefüllten, roten Rucksack von ihren Schultern und drückte ihn David in die Hände.

Erst jetzt konnte David wieder klar denken. Er wollte Katja nicht einfach stehen lassen, ohne sie für sein Verhalten in der jüngsten Vergangenheit um Verzeihung zu bitten.

»Ich habe dich in letzter Zeit schäbig behandelt. Ich machte einen Bogen um dich, vernachlässigte unsere Beziehung und war Andrej gegenüber abweisend. Ich war mürrisch und wortkarg. Trotz alldem gabst du mir ein Alibi, beschütztest mich vor der Polizei, hilfst mir bei der Flucht und machst dich dadurch strafbar. Weshalb tust du das alles für mich?«

»Weil du ein hoffnungsloser Esel bist!« Und nach einer kurzen Pause: »Und weil ich dich liebe, wie ich niemals einen Menschen in meinem Leben geliebt habe und gemeinsam mit dir alt werden möchte.«

Katja wischte sich verlegen die Tränen von den Wangen.

»Nun verschwinde, bevor die Polizei wiederauftaucht.«

Sie gab David einen Klaps auf den Po, einen flüchtigen Kuss auf seinen Mund und drehte sich rasch weg.

»Ich habe den Priester nicht auf dem Gewissen,« rief ihr David von draußen über die Schulter nach, ehe ihn die Dunkelheit verschluckte.

Er vernahm nicht mehr, wie Katja erwiderte: »Das weiß ich.«

23

Tom zuckte zusammen, als es gegen 22 Uhr an seiner Haustür klingelte. Besucher um diese Zeit verhießen nie Gutes. Womöglich war ihm die Polizei auf den Fersen. Er knipste flugs den Lichtschalter aus und schlich an die Türe. Er spähte durch den Türspion. Draußen wartete Katja. Er öffnete die Sicherheitsschlösser. Sie stand ungeschminkt und mit zerzauster Mähne vor ihm. Ihre Augen waren gerötet und ihr Atem roch nach Alkohol.

»Welch eine Überraschung«, empfing er sie mit aufgesetzter Heiterkeit. »Was verschafft mir die Ehre dieses majestätischen Besuches zu später Stunde?«

»Lässt du mich bitte eintreten? Hier auf dem Gang möchte ich das, was ich dir zu sagen habe, nicht besprechen.«

Tom deutete eine Verneigung an und ließ Katja in seine Wohnung treten. Er führte sie in die Küche und stellte ihr einen Stuhl hin. Er räumte die Bücher, die ungeordnet auf dem Tisch lagen, rasch zur Seite.

Katja gelang es, den Titel des obersten Buches zu entziffern: »Sprengfallen und ihre Wirkung«. Da Tom

Chemie studierte und sicher täglich mit gefährlichen Chemikalien herumhantieren musste, dachte sie sich nichts dabei.

»Du siehst aus, als ob du einen Kaffee vertragen könntest.« Tom steckte eine Kapsel in seine Espressomaschine.

Katja blickte sich in der Küche um. Es herrschte ein Chaos. In der Spüle stapelte sich Geschirr, auf den Bodenplatten lagen verstreut Brotkrümel. Eingetrocknete Flecken undefinierbarer Herkunft bildeten ein unregelmäßiges Muster. Und es roch muffig. Tom sah verwahrlost aus. Seine Haare standen ungebändigt in alle Richtungen ab und hätten einen Formschnitt vertragen. Sein Bart wucherte. Und sein ehemals weißes T-Shirt war verblichen und durchlöchert.

Katja war sich bewusst, dass sie ebenfalls keinen glanzvollen Auftritt hinlegte. Nachdem sie Andrej ins Bett bugsiert hatte, zog sie sich ihren Mantel über den Pyjama und stieg ungeschminkt in ihr Auto. Denn, was sie Tom zu sagen hatte, duldete keinen Aufschub. Um sich Mut anzutrinken, hatte sie zu Hause rasch zwei Gläser Pinot noir hinuntergekippt, was ihren Blick nun etwas trübte.

Tom stellte einen lecker duftenden Espresso vor Katja hin. Dann schaute er sie erwartungsvoll an.

»David ist auf der Flucht und versteckt sich vor der Polizei«, begann Katja. »Sie sind ihm dicht auf den Fersen. Sie beschuldigen ihn, den Priester in Leimen auf dem Gewissen zu haben.« Während sie dies sagte, ließ sie Tom nicht aus den Augen. Er zeigte keinerlei Reaktionen. »Ich vermute, du hast von diesem Mordanschlag gehört?«, bohrte Katja weiter. »Ich habe dir seinerzeit erzählt, dass David als Ministrant jahrelang von einem Pfaffen missbraucht wurde.«

»Das ist gut möglich. Ich kann mich nicht mehr daran erinnern«, antwortete Tom stoisch, ohne das kleinste Zeichen einer Regung.

»Willst du deinen besten Freund hängen lassen, ihn der Polizei ans Messer liefern?«, redete sich Katja in Rage. »Hat es nicht gereicht, dass du David in die Geschichte mit dem Brandanschlag gegen diesen Journalisten hineingezogen hast?«

Tom schaute Katja entgeistert an. »Was weißt du über diese Sache?«, fragte er scharf.

»Ich bin nicht auf den Kopf gefallen. Ich hatte zufällig in Davids Kleiderschrank die beiden eingewickelten Flaschen mit Benzin und Zündschnur, die Masken und Handschuhe entdeckt. Als ich von dem Brandanschlag Wind bekam und die Polizei David deswegen verhörte, habe ich eins und eins zusammengezählt. Ich wusste auf der Stelle, dass diese irrsinnige Tat nicht Davids Handschrift trug. Und da ihr euch regelmäßig traft, war ich sofort im Bilde, dass einzig ein Psychopath wie du dafür verantwortlich sein konnte. An deiner Reaktion erkenne ich, dass ich voll ins Schwarze getroffen habe.«

Toms Augen verengten sich zu Schlitzen. Er stierte Katja an und fauchte dann: »Pass auf, was du sagst! Stecke deine zarte Nase nicht in Angelegenheiten, die dich nichts angehen, und die eine Nummer zu groß für dich sind.«

Katja fuhr unbeirrt fort: »Ich bin mir sicher, du weißt über den Priestermord mehr, als du eingestehst. Die Polizei fahndet nach einem grünen Motorrad. Und du hattest einst im Suff ausposaunt, dein Kindheitstraum sei es, dir eine giftgrüne, blödsinnig schnelle Kawasaki zu beschaffen, sobald deine Eltern ihre Kohle rübergerückt hätten. Zu dumm, wenn man aus Eitelkeit und Größenwahn nicht auf sein Maul hocken kann. Ich könnte mir gut vorstellen, dass du diesen Priester um die Ecke gebracht hast, aus welchen Gründen auch immer. Nächstenliebe gegenüber David war sicher kein Motiv. Der einzige Mensch, für den du eine Schwäche empfindest, bist du. Falls du dich nicht stellst, werde ich mich mit diesen Informationen an die Polizei wenden.«

Toms Gesicht verzog sich zu einer Fratze. Rasend vor Wut packte er Katja an den Haaren und schleifte sie zur Haustür. Sie schrie vor Schmerzen auf. Er zerrte sie auf die Beine und stieß sie mit Wucht ins Treppenhaus. Katja verlor das Gleichgewicht und knallte auf den Plattenboden.

Tom baute sich breitbeinig über sein am Boden liegendes Opfer auf und spie die Worte aus: »Ich warne dich! Treibe dieses Spiel nicht zu weit! Sonst wirst du am Ende gnadenlos verlieren!« Mit einem Knall, der die Wände erzittern ließ, schlug er die Türe zu.

Im Wohnungsflur kauerte Tom sich auf den Parkett. Jegliche Souveränität und Coolness waren blankem Hass gewichen. Er war außer sich. Sein ganzer Körper zitterte, sein Atem rasselte. Er vernahm, wie sich im Treppenhaus der altersschwache Fahrstuhl hochkämpfte und Katja einstieg. Die Türe schloss sich knarrend und der Lift ruckelte hinunter. Toms Blick fiel auf einen Gegenstand, der mitten im Flur lag. Da er seine Kontaktlinsen bereits entfernt hatte, erkannte er auf diese Distanz nicht, worum es sich handelte. Er erhob sich und trat näher ran. Da lag ein Handy. Er erinnerte sich, diese mit Blumenmotiven verzierte Handyhülle früher bei Katja gesehen zu haben. Es musste ihr herausgefallen sein, als er sie durch den Gang geschleift hatte. Sie würde den Verlust sicher bald bemerken und zurückkehren.

Er brauchte einen kräftigen Drink, um seine strapazierten Nerven zu besänftigen. Zittrig goss er sich einen Whisky ein und stürzte ihn in einem Zug hinunter. Er füllte ein zweites Glas. Langsam konnte er wieder klarer denken.

Katja, diese Schlampe, war ihm auf die Schliche gekommen. Sie war nicht auf den Kopf gefallen. Falls sie mit ihren Hinweisen zur Polizei ginge, würde es eng für ihn werden. Konkrete Beweise konnte sie zwar keine liefern. Sein Motorrad war gut verborgen und da er es nicht bei der Behörde angemeldet hatte, sondern mit einer gefälschten Nummer fuhr, war es unmöglich, die Spur bis zu ihm zurückzuverfolgen.

Davids Haarbürste aufzuheben, nachdem dieser ausgezogen war und sie im Bad liegengelassen hatte, war eine prima Idee. Daraus hatte er ein einzelnes Haar herausgefischt und es auf der Leiche des Pfarrers deponiert. Dieses Indiz würde die Bullen direkt zu David führen und diesem aufgeblasenen Schnösel endgültig das Genick brechen.

Ach, wie er diesen blasierten Schönling seit Langem hasste. Gutgläubig wie David war, hatte er von all dem nichts mitbekommen. Er war Tom bedingungslos ergeben und folgte ihm wie ein abgerichtetes, vertrauensvolles Hündchen auf Schritt und Tritt. Hätte Tom einen Stock über die Brüstung eines Hochhauses geworfen, David wäre, ohne nachzudenken, hinterher gesprungen.

Im Gymnasium war David der liebenswürdige, artige, moralisch überlegene Schüler. Die Lehrer und Mitschüler achteten und schätzten ihn. Er sprach zwar wenig. Sofern er jedoch seinen Mund öffnete, verstummten alle und hingen ihm an den Lippen. Man musste es ihm neidlos zugestehen: Wann immer er sich über etwas ausließ, war es durchdacht und hatte Substanz. Tom musste um die Gunst der Menschen buhlen. Er bezirzte und verführte sie oder spielte für sie den Clown. David dagegen flogen die Herzen ohne Anstrengung zu, obwohl er sich am liebsten zurückzog und den Rummel verabscheute. Schulisch ging ihm alles leicht von der Hand. Mit diesen Voraussetzungen hätte er in seinem Leben mehr auf die Reihe bringen können. Er hatte jedoch sein Psychologiestudium, das mit geringem Aufwand zu meistern wäre, hingeschmissen.

David sah dazu noch unverschämt gut aus. Schlank, großgewachsen, mit dunklem, vollem Haar und einem Lächeln, das die Temperatur in einem Raum ansteigen, sämtliches Eis schmelzen und die Herzen der Damenwelt höher schlagen ließ. Kein Wunder hatte Katja ihm, dem stämmigen Rotschopf mit den übermäßigen Pfunden auf den Rippen, den Laufpass gegeben, um sich diesem Adonis an die breite Brust zu werfen.

Tom musste wieder Herr der Lage werden, bevor ihm alles zu entgleiten drohte. Kurz vor der Ziellinie war er nicht bereit, sich den sicheren Sieg stehlen zu lassen und vom Podest gestoßen zu werden. Er schenkte sich einen weiteren Whisky ein, ergriff sein Handy, öffnete ein leeres Word-Dokument und vermerkte: »Plan zur Vernichtung Davids.« Dann ergänzte er: »…. sowie Katjas.«

24

David war, nachdem ihn Katja vor der Polizei gewarnt
und ihm einen vollbepackten Rucksack ausgehändigt
hatte, mit Tram und Bus aus Basel abgereist. Seine
Gedanken kreisten rund um den Mord am Priester. Er
war überzeugt, dass sich in Kürze aufklären würde,
wer Pfarrer Schäfer auf dem Gewissen hatte. In
diesem Fall würde er rasch zu Katja und Andrej
zurückkehren. David hatte jahrelang gehofft, dass der
Pfarrer sich eines Tages für seine Taten vor Gericht
verantworten müsste und gerecht bestraft würde. Den
Tod hatte er ihm jedoch nicht gewünscht. David zer-
brach sich den Kopf, ob ein ehemaliger Ministrant,
der, wie er, missbraucht worden war, oder dessen
Familienangehörige sich gerächt haben könnten. Es
konnte aber auch ein Dieb gewesen sein, der es auf
die Kirchenkollekte abgesehen hatte und dabei durch
den Pfarrer in flagranti erwischt wurde.

David plante, die Grenze nach Deutschland zu über-
queren, um dort eine Weile unterzutauchen. Er hatte
keine Ahnung, ob Grenzschützer nach ihm fahndeten

und er international ausgeschrieben war. Er wollte kein unnötiges Risiko eingehen und hatte sich auf der Karte eine Grenzregion ausgesucht, die dünn besiedelt war. Er harrte in einem Waldstück auf der Schweizer Seite aus, bis es dämmerte, dann schlich er geduckt wie eine Raubkatze durch Felder und Wiesen über die grüne Grenze nach Deutschland.

Nirgends entdeckte er eine Grenzmarkierung. Dank des GPS auf seinem Handy stellte er fest, dass er deutschen Boden betreten hatte. Er lief einen Bogen um einen Weiler, schlug sich zu einem unwegsamen, tannenbestandenen Jungwuchs durch und spürte eine Lichtung auf, wo er durch Buschwerk vor unerwünschten Blicken geschützt war.

Er setzte seinen Rucksack auf den Waldboden ab und breitete den Inhalt vor sich im Halbkreis aus. Katja hatte beim Packen bedacht, dass er sich einige Zeit abseits der Zivilisation aufhalten müsste. Vor ihm lagen das Einmannzelt, sein Daunenschlafsack mit der Isomatte, der Notkocher mit Kochgeschirr, ein Wassersack, eine Plane und Proviant für mehrere Tage. Sie hatte sein Outdoormesser sowie seinen Feuerstahl mit Zunder eingesteckt, die ihm in seiner Jugend oft gute Dienste beim Feuerentfachen geleistet hatten.

Auch bei der Auswahl der Esswaren hatte Katja ein gutes Händchen bewiesen. Die meisten Lebensmittel waren lange haltbar. Es gab Knäckebrot, Pumpernickel, Nudeln, Hartkäse, Trockenwürste, Fleisch- und Thunfischkonserven. Obendrein hatte sie an seine geliebte Nascherei gedacht; vor ihm lagen drei Tafeln schwarze Schokolade mit einem Kakaoanteil von 80%. Dagegen mangelte es, außer zwei Äpfeln, an frischem Obst. David sorgte sich deswegen nicht. Um diese Jahreszeit wuchsen genügend wilde Beeren und Früchte im Wald.

Als er ins rechte Außenfach des Rucksacks griff, entdeckte er einen gefalteten Zettel, mit Katjas temperamentvoller Handschrift. »Liebster David, ich weiß, dass du am Tod des Priesters unschuldig bist. Alles Weitere erkläre ich dir, wenn wir uns wiedersehen. Ich vermisse dich. Ruf mich bald an. In Liebe, Katja.«

David wagte es an diesem Abend nicht, sein Zelt aufzubauen und ein Feuer zu entfachen, obwohl er durch das schützende Dickicht vor Eindringlingen abgeschirmt war. Er tastete den Boden nach Steinen und Ästen ab und legte die aufblasbare Matte und den Schlafsack aus. Katja hatte ihm zwei Käsebrötchen zubereitet, die er gierig verschlang.

Unterdessen war die Nacht hereingebrochen. David vernahm ein Knacken im Unterholz, ausgelöst durch ein fliehendes Reh oder ein Wildschwein. Er zog sich Hose und Jacke aus und schlüpfte in seinen kuscheligen, wohlig-warm schützenden Schlafsack. Auf dem Rücken liegend, beobachtete er das Firmament. Keine störenden Lichtquellen schmälerten das Leuchten der

Sterne. Sternschnuppen jagten wie Leuchtkäfer vorüber und verglühten. David schlief rasch ein.

Noch vor Tagesanbruch zerschnitten die Hausrotschwänze die Stille mit ihrem Zwitschern und Trällern. Aus allen Ecken des Waldes gesellten sich Singdrosseln, Amseln und Rotkehlchen dazu. David kam sich vor wie im Dschungel. Kurz nach Sonnenaufgang stand er auf, wusch sich mit Wasser aus dem Vorratssack, kochte sich einen Schnellkaffe auf und verdrückte zwei mit Wurst belegte Scheiben Pumpernickel. Danach kundschaftete er die Umgebung aus.

Er stieg einen schweißtreibenden Pfad hinauf. Trotz der frühen Stunde dampfte es schwülheiß aus dem Waldboden. Die Bäume zogen sich an der Flanke eines Hügels entlang. Kein Mensch war um diese Tageszeit unterwegs. Auf dem Grat legte er eine Verschnaufpause ein. Durch den Dunst erkannte er den Basler Roche-Turm im Süden. Einen Steinwurf von diesem entfernt lag ihre Wohnung. Katja und Andrej waren um diese Zeit sicher noch im Bett und schliefen tief und fest.

Bis zum Einbruch der Dunkelheit wollte David einen Platz aufspüren, wo er sich die folgenden Tage verstecken konnte, ohne auf einen Menschen zu stoßen. Er wollte vermeiden, jemandem über den Weg zu laufen, der ihn anhand eines Fahndungsplakates erkannte und der Polizei einen Wink gab. Am späten

Nachmittag fand er einen Flecken, der seinen Vorstellungen entsprach. In einer Senke von rund zehn Metern Durchmesser standen gegen drei Seiten mächtige Tannen. Zwischen ihnen am Boden wucherte Brombeergestrüpp, vollbehangen mit Früchten. Das Dickicht würde den Feuerschein gegenüber ungebetenen Zaungästen abblocken. In seinem Rücken ragte eine senkrechte Felswand auf. Ein Felsvorsprung bildete knapp oberhalb des Wandabschlusses eine Nase. Direkt darunter, in einer Nische, schlug er sein Zelt auf. Dadurch war er vor möglichen Regenschauern abgeschirmt. Aus dem Felsen entsprangen Rinnsale, die über die moosbedeckten Steine in ein Bachbett rannen. So hatte David genügend Trinkwasser zum Kochen und für seine Hygiene.

An diesem Abend im neuen Zufluchtsort wagte er es, nach Einbruch der Dunkelheit, ein Feuer unter Einsatz seines Feuerstahls zu entfachen. Er kochte sich auf dem Campingkocher einen Beutel Instantnudeln, aß ein Stück Käse und verschlang zur Nachspeise die von der Wildhecke gepflückten, zuckersüßen Brombeeren. Er hatte sich wohlig satt gegessen. Er schob einen Ast in die Glut und beobachtete, wie die Funken in den Nachthimmel stiegen. Er genoss die absolute Stille und das Alleinsein.

Mitten in der Nacht schreckte David aus dem Schlaf hoch. Ein Rascheln hatte ihn geweckt. Ringsum herrschte Finsternis. Er horchte in die Nacht hinaus. Außer dem Murmeln des Wassers, das vom Felsen tropfte, hörte er keinen Laut. Angespannt hielt er den Atem an und lauschte, ob erneut ein Geräusch zu vernehmen sei, das nicht in diese Umgebung passte. Aber alles blieb ruhig und er schlief wieder ein.

Am nächsten Morgen entdeckte er die Ursache der nächtlichen Störung. Er hatte seine Vorräte in einem Beutel vor dem Zelt deponiert. Ein heimlicher Besucher, vielleicht ein Fuchs, hatte sich angepirscht und den Sack zerfetzt. Er hatte die Trockenwurst gepackt, drei Meter vom Zelt entfernt abgelegt und angeknabbert.

David hielt sich zwei Wochen lang in dem Unterschlupf versteckt. Die Tage zogen sich dahin und verliefen eintönig. Er durchstreifte die nähere Umgebung, darauf bedacht, einen Bogen um Menschen mit Hunden zu machen. Er vermied es, dass die Vierbeiner seine Witterung aufnahmen. Langsam gingen seine Vorräte zur Neige. Er sah sich seit einigen Tagen gezwungen, essbare Pflanzen wie Giersch, Brennnesseln, Sauerampfer oder Knoblauchrauke zu sammeln und als Gemüseersatz oder Suppe zuzubereiten. Trotz des trockenen Sommers fand er vereinzelte Pilze, die er in der Pfanne briet.

Er hatte es bisher nicht gewagt, Katja zu kontaktieren. Sein Handy blieb ausgeschaltet und das GPS-

Signal war deaktiviert, um die Polizei nicht auf seine Fährte zu locken. Er sehnte sich danach, mit ihr Kontakt aufzunehmen. Er vermisste ihre Zuneigung, ihre Ruhe, ihr glucksendes Lachen und ihren klaren Verstand. Und er hatte Verlangen nach ihrer weichen, wohlriechenden Haut.

Womöglich hatte Katja etwas über den Stand der polizeilichen Ermittlungen in Erfahrung gebracht und die falschen Anschuldigungen, er sei der Pfarrermörder, hatten sich in Luft aufgelöst. Er benötigte zudem dringend kalorienreicheren Proviant. Die dünnen Suppen und die kargen Wildsalate hatten sein Gewicht sicher um drei Kilogramm sinken lassen. Seine Hose schlotterte ums Gesäß und rutschte ihm bei jedem Schritt über die Hüfte, obwohl er den Gürtel im letzten Loch fixiert hatte.

Er schaltete sein Handy ein. Die Akkuanzeige zeigte 20% an. Für eine SMS würde die Ladekapazität reichen. Er tippte: »Liebste Katja, ihr beide fehlt mir. Es ist einsam ohne euch. Ich möchte euch bald wiedersehen. Ich werde mich auf den Weg machen. In Liebe David.«

Fünf Minuten später ertönte das Signal, eine SMS sei eingetroffen. »Treffen klappt nicht. Zu gefährlich. Überall Polizei. Melde mich wieder. LG Katja.«

David wunderte sich über Katjas knappe, distanzierte Antwort. Keine Anrede, kein Wort, dass er ihr fehle. Unter Umständen war sie noch immer darüber frustriert, dass er sich in den letzten Monaten von ihr zurückgezogen hatte. Und die Polizei schien weiterhin nach ihm zu fahnden.

Am nächsten Morgen brach David sein Zelt ab, verstaute alles im Rucksack, verwischte die Spuren mit einem belaubten Ast, schnallte den Rucksack auf den Rücken und stapfte quer durch das dornenbesetzte Unterholz zum Waldrand. Dort schaltete er sein Handy ein, um auf der Karte seine Position zu bestimmen.

Eine neue Nachricht leuchtete auf. »Möchte dich wiedersehen. Es gibt dringende Neuigkeiten. Um 19 Uhr beim Parkplatz des Aussichtsturms Binningen? LG Katja.«

Wieder beschlich David das unbestimmte Gefühl, mit Katja sei etwas nicht in Ordnung. Welche drängenden Ereignisse mochten dies sein? Und weshalb suchte sie diesen abgeschiedenen Turm, auf den sie vor langer Zeit gemeinsam hinaufgeklettert waren, als Treffpunkt aus?

Er schrieb zurück: »Ich werde dort sein und freue mich, euch wiederzusehen. Herzlichst David.« Er beeilte sich, rechtzeitig zum vereinbarten Aussichtspunkt zu gelangen. Er wählte einen Umweg, um nicht Gefahr zu laufen, durch einen Grenzbeamten gestoppt zu werden. Er schlug Haken und suchte sich einen Schleichpfad zurück über die grüne Grenze in die Schweiz.

25

Tom glotzte auf das Handy und grinste höhnisch. Er hatte sich das Ganze kniffliger vorgestellt. Es war absolut fahrlässig von Katja, sich nach ihrer Trennung kein neues Handypasswort zuzulegen. Tom war es mühelos gelungen, ihren Code zu knacken. David schien zu vermuten, Katja hätte ihm diese Nachricht geschickt. Er hatte rasch angebissen und schöpfte keinen Verdacht. Die Liebe ließ manche Menschen tatsächlich blind werden.

Seine Idee, Katjas Handy aufzuheben, kam ihm gelegen. Nach ihrem Streit hatte sie die Stirn gehabt, am folgenden Tag nochmals bei ihm aufzutauchen. Sie kam angekrochen, diese Schlampe, verlogen und schmeichlerisch. In diesem Stil hatte er sie öfters im Laufe ihrer Beziehung erlebt. Benötigte sie etwas von ihm oder wollte sie ihn schröpfen, kam sie angeschlichen, um ihn zu bezirzen und anzuhimmeln mit ihren Rehaugen. Ansonsten konnte sie eine Hexe sein. Er hatte ihre Spielchen durchschaut und sie zum Teufel gejagt. An diesem Tag stritt er ab, ihr Handy gefunden zu haben. Sie verließ resigniert Toms Wohnung.

Tom hatte einen Plan ausgeheckt, seinen Hass und seine Wut auf David und Katja mit einem Schlag aus der Welt zu schaffen. Beide sollten für all die Kränkungen und Demütigungen, die sie ihm angetan hatten, büßen. Monatelang hatten sie ihn der Lächerlichkeit preisgegeben. Jetzt nahte die Stunde der Abrechnung.

Tom hatte sich als Schauplatz für die Vergeltung eine grandiose Bühne ausgesucht. Der Aussichtsturm oberhalb Binningens thronte erhaben auf dem Bergplateau. Zu dessen Füssen breitete sich Basel aus. Heute Abend sollte dort die Party steigen. An diesem malerischen Ort fand das Wiedersehen dreier alter Freunde statt. Der stahlblaue, blankgewienerte Himmel kündigte einen dramatischen Sonnenuntergang an. Die Feier würde durch ein imposantes Feuerspektakel umrahmt. Schließlich sollte sein Chemiestudium nicht vergeblich gewesen sein.

Am Abend zuvor hatte er sich vor Katjas Wohnung postiert. Er hielt Ausschau nach jemandem, den er als Laufburschen mit einer Notiz zu Katja schicken konnte. Als ein hochaufgeschossener, rund zehnjähriger, braungebrannter Junge mit blonder Mähne auf seinem Kickboard an ihm vorbeifuhr, packte Tom ihn an der Schulter und wedelte mit einem 20-Euro-Schein:

»Hey, willst du dir ein paar Kröten verdienen?«

Der Knabe sah ihn zuerst eingeschüchtert an. Er dachte kurz nach und nickte.

Tom drückte ihm einen mit einer krakeligen Handschrift bekritzelten Zettel und die 20 Euro in die Hand.

»Gehe in dieses Haus im dritten Stock und melde dich dort. Diese Nachricht übergibst du der Mieterin. Falls sie sich erkundigt, wer dir dieses Schriftstück abgegeben habe, erklärst du, ein großgewachsener, dunkelhaariger Mann namens David habe es dir überreicht. Kapiert?«

Der Knabe nickte erneut, lehnte sein Board an die Hauswand und verschwand im Treppenhaus.

Tom war bereits während der Schulzeit talentiert im Imitieren von Handschriften gewesen. Davids nach links kippende, ungelenke Schreibweise hatte es ihm speziell angetan. Er hatte diese endlose Male bis zur Perfektion eingeübt.

Im Laufe des Gymnasiums brachte Tom nur knapp genügende Aufsätze zustande. Davids Arbeiten dagegen galten als vorbildlich und der Lehrer trug sie regelmäßig der Klasse vor. Tom beabsichtigte, in Davids Namen einen Text zu verfassen. Er wollte herauszufinden, ob der Deutschlehrer, wie er argwöhnte, parteiisch sei und mit zweierlei Maß bewertete. David in seiner Naivität und Menschenfreundlichkeit bezweifelte dies. Er meinte, ein Lehrer beurteile ausschließlich Stil und Inhalt eines Textes, unbeeinflusst durch den Autor. Tom Burckhardt alias David Bader erzielte die Bestnote 6.

26

Katja stand unter der Dusche, als es an der Haustüre klingelte. Sie rubbelte sich rasch trocken. Sie vernahm, wie Andrej mit jemandem ein paar Worte wechselte. Danach knallte er die Türe zu, eine Marotte, die Katja ihm all die Jahre nicht abgewöhnen konnte.

»Mama, Mama!«, kam er schreiend quer durch die Wohnung gerannt. Er riss die Badezimmertüre auf, stand atemlos vor Katja und streckte ihr durch den Dampf ein Blatt Papier vors Gesicht: »David hat geschrieben! Ein Junge hat mir den Zettel in die Hand gedrückt und gesagt, ich solle ihn dir geben. Kommt David endlich zurück? Sehe ich ihn bald wieder? Kann ich dann mit ihm Fußball spielen?«

»Nur mit der Ruhe«, besänftigte Katja ihren überdrehten Sohn. »Damit ich all deine Fragen beantworten kann, müsste ich zuerst lesen, was in dieser Nachricht drinsteht.«

Katja erkannte Davids ungelenke Handschrift. Andrej hing an Katjas Lippen, während sie den Brief laut vorlas: »Liebe Katja, ich möchte dich und Andrej wiedersehen. Ihr fehlt mir. Können wir uns morgen Abend gegen 19 Uhr beim Aussichtsturm in Binningen treffen? In Liebe, David.«

Endlich erhielt sie ein Lebenszeichen von David. Bestimmt hatte er mehrmals versucht, sie telefonisch zu erreichen. Er konnte ja nicht wissen, dass sie ihr Handy verlegt hatte. David fehlte ihr mehr, als sie sich nach all den belastenden letzten Monaten eingestanden hätte. Seit ihrer Trennung war kaum ein Augenblick vergangen, an dem sie nicht an ihn gedacht und sich nach ihm gesehnt hätte. Morgen könnten sie sich wieder in ihre Arme schließen. Sie konnte sich zwar keinen Reim auf diesen ungewohnten Treffpunkt beim Aussichtsturm bilden. Es wäre sicher unkomplizierter, sich in Basel wiederzusehen. Hier gab es genügend Orte, wo sie sich unbemerkt hätten treffen können. Wie es schien, hatte David noch immer Angst vor der Polizei und wollte sich einen Fluchtweg durch die angrenzenden Wälder sichern.

Da die Wetterprognose einen milden Sommertag vorhersagte und ideales Grillwetter herrschte, richtete Katja am folgenden Nachmittag einen Kartoffelsalat mit Mayonnaise und Zwiebeln her, wie David ihn liebte. Aus der Gefriertruhe hatte sie drei Steaks geholt und auftauen lassen. Diese marinierte sie mit einer scharfen Tabascosauce sowie Rosmarin und Thymian, die sie in Töpfen auf dem Balkon zog. Andrejs Stück würzte sie nur mit Salz und Pfeffer. Um ihr Wiedersehen gebührend zu feiern, holte sie aus dem Keller einen zehnjährigen Amarone, den sie für einen feierlichen Anlass zur Seite gelegt hatte. Heute schien es ihr, war der passende Moment gekommen. Sie packte das Picknick, zwei Kristallgläser und eine Tischdecke in den Korb.

Andrej hatte sich in seine roten Shorts und sein rotes Fußballtrikot von Bayern München gestürzt, ein Geschenk, das er zum letzten Geburtstag von David erhalten hatte. Unter den Arm klemmte er seinen heißgeliebten Fußball. Zappelig und stolz wie Bolle stand er abmarschbereit in der Küche. Beim Verlassen der Wohnung schnappte Katja den Briefumschlag mit der geschwungenen Handschrift, dessen Absender sie nicht kannte und der seit Tagen auf der Ablage auf die Rückkehr Davids wartete, und übergab ihn Andrej. Dieser steckte ihn nachlässig in seine Gesäßtasche.

Nach der wochenlangen Pause hatte Katjas Auto Mühe, anzuspringen. Die Batterie war unzureichend geladen. Überdies klemmte die Fahrertüre seit Monaten. Ein Service war längstens überfällig. Sie nahm sich vor, ihren Wagen in der kommenden Woche für eine Inspektion anzumelden. Mit einem Knall und einer Rußwolke aus dem Auspuff sprang die Ente an und knatterte los. Ein Opa mit Enkelkind warf Katja einen missbilligenden Blick zu.

Das Licht des späten Nachmittags war golden und klar. Katja öffnete das Faltdach der »Ente« und ließ die laue Luft über ihre Haare streichen. Andrej saß auf der Rückbank und reckte jeweils kurz seinen Kopf aus dem Auto in den Fahrtwind, obwohl ihm Katja dies verboten hatte. Katja genoss die Freiheit und Unabhängigkeit in ihrem Gefährt.

In Binningen bog sie mitten im Ort von der Hauptstraße rechts ab und fuhr auf einer steilen, kurvigen Forststraße die Serpentinen hinauf. Auf der Anhöhe lenkte sie das Fahrzeug aus dem Wald und sah vor sich den Aussichtsturm in den Himmel ragen.

Sie entsann sich, wie sie mit David hier oben gestanden war. David überredete sie damals, mit ihm auf den Turm zu klettern. Obwohl der Turm lediglich 15 Meter hoch war und sich die oberste Plattform zehn Meter über dem Grund befand, wagte Katja bloß, das erste Podest zu erklimmen. Seit der Geburt Andrejs litt sie unter zunehmender Höhenangst. Beim Aufstieg wurde sie von Schweißausbrüchen und Kurzatmigkeit heimgesucht. Sobald sie durch die Lochbleche der Treppenstufen nach unten schaute, erfasste sie Panik und der gesamte Turm schien zu schwanken.

Pünktlich um 19 Uhr stoppte sie ihren Wagen auf dem öffentlichen Parkplatz am Waldrand. Die letzten zweihundert Meter zum Turm waren für Autos gesperrt und nur zu Fuß erreichbar. Katja ergriff ihren Korb mit den Delikatessen. Andrej packte aus dem Auto eine Decke und seinen Ball. Von Ferne entdeckte Katja die schlaksige Gestalt Davids. Er lehnte nonchalant an einem Pfeiler des Turms. Eine dezente Bräune überzog sein Gesicht, seine Arme und Beine, die in kurzen Hosen steckten. Er kam ihr jugendlicher und sehniger vor, was ihm gut stand.

Als Andrej ihn sah, gab es kein Halten mehr. Er raste, wie durch ein Katapult geschleudert, los und flog unter einem weithin hörbaren Schrei in Davids ausgebreitete Arme. David warf Andrej mehrmals in die Luft und fing ihn knapp über dem Boden auf. Der Junge jauchzte vor Vergnügen. David geriet außer Puste.

»Nun möchte ich ebenfalls in deinen kräftigen Armen landen,« sagte Katja mit gespielter Eifersucht zu David.

David stellte Andrej auf die Füße, zog Katja zu sich heran und schlang seine Arme kraftvoll um sie, als wollte er sie für ewig an sich binden und nie mehr fortlassen. Sie küssten sich innig. Eng umschlungen standen sie da und ließen die ganze Welt links liegen.

Andrej stupste David an: »Spielst du Fußball mit mir?«

»Zuerst müsst ihr Holz sammeln,« ordnete Katja an. »Ich entfache das Feuer, dann dürft ihr euch einen Zweikampf ums Leder liefern.«

Die beiden Mannsbilder suchten den Wald nach dünnen Zweigen zum Anfeuern ab. Andrej entdeckte eine junge, umgestürzte Tanne. Er rief David zu Hilfe. Zu zweit schleppten sie den dürren Baum zur Feuerstelle und brachen ihn in Stücke. Sie kehrten zurück ins Dickicht, um feineres Holz zum Anfeuern aufzutreiben. Auf einmal blieb David wie angewurzelt stehen, den Zeigefinger auf die Lippen gepresst. Andrej verstummte augenblicklich.

»Ich glaube, wir haben eine Wildsau aufgeschreckt«, flüsterte David. »Dort drüben habe ich einen Ast knacken hören und Blätter gesehen, die sich bewegten.«

Sie standen einen Moment stumm und reglos da und starrten in den Wald. Doch sie vernahmen kein Geräusch mehr. Andrej rannte zurück zu seiner Mutter und rief von Weitem: »Mama, wir haben eben eine gefährliche Wildsau in die Flucht gejagt.«

Die letzten Sonnenstrahlen bahnten sich ihren Weg durch die Baumwipfel und tauchten sie in ein mildes Licht. Im Osten kroch die schmale Sichel des Mondes hinter dem Hügel hoch. Es wurde rasch kühler. Feuchtigkeit dampfte aus den umliegenden Matten.

Das Holz war niedergebrannt und es gab ausreichend Glut, um die Rindersteaks auf den mitgebrachten Rost zu legen. Nach ein paar Minuten stieg ein unwiderstehlicher Duft nach Röstaromen auf. Der Kartoffelsalat und das Fleisch mundeten David ausgezeichnet. Er schöpfte mehrfach. Er war ausgehungert und hatte sich die letzten Tage nach einem saftigen Stück Fleisch und Kohlenhydraten verzehrt. Katja hatte den Amarone entkorkt und gekostet. Er schmeckte vorzüglich nach schwarzen Johannisbeeren mit einem Hauch Vanille. Sie fand, dies sei ein würdiger Wein für den stimmungsvollen Abend und ihre Wiedervereinigung. Sie stießen an und ein dezenter Glockenklang ertönte.

Schulter an Schulter gelehnt saßen sie auf der Wolldecke, die Beine gegen die wärmende Glut ausgestreckt. Andrej lag zusammengerollt an Davids Seite und döste. Eine Zeitlang verweilten Katja und David schweigend und schauten Richtung Basel, wo sich die Dämmerung allmählich wie ein graues Tuch über die Stadt legte, durch das die ersten Straßenlaternen aufleuchteten und Scheinwerfer flackerten.

»Du hast mir gefehlt«, unterbrach David die Stille. »Mir wurde während der vergangenen zwei Wochen in der Einsamkeit bewusst, wie sehr ich dich liebe und brauche. Ich hatte mich in der letzten Zeit wie ein störrisches, egoistisches Kind aufgeführt und dir dein Leben unnötig erschwert. Ich habe mich entschieden, mein Studium im Herbst wieder aufzunehmen. Ich werde bis dahin einen Job suchen und helfen, zum Lebensunterhalt beizutragen. Ich will Andrej ein Vorbild sein. Er soll in einer intakten Familie aufwachsen. Ich werde mich deshalb der Polizei stellen.«

Hier unterbrach er sich und wartete auf Katjas Reaktion. Sie blieb stumm.

»Ich habe großen Mist gebaut«, fuhr David stockend fort. »Die Kommissarin hatte den richtigen Riecher. Ich war am Brandanschlag auf die Autos des Journalisten beteiligt. Ich bin der Hauptschuldige. Ich habe die Fahrzeuge angezündet. Ich war zerfressen vor Wut und Hass auf Leute, die ihre Grandiosität mithilfe ihrer Karossen zur Schau stellen, anderen den Lebensraum beschneiden und sie an den Rand der Gesellschaft drängen. In meiner Verbitterung und Ohnmacht redete ich mir ein, meine Mutter wäre noch am Leben, wenn es diesen Drang nach ungezügelter Mobilität nicht gäbe. Im Grunde verteufelte ich all die Autofahrer stellvertretend für meinen Vater, der schuld am Tode meiner Mutter war und sie mir entrissen hatte. Ich wollte nicht wahrhaben, dass er die gleichen Qualen erlitt, wie ich, und seine Gewissensbisse ihn marterten. Ich stieß ihn weg und wollte ihm niemals verzeihen, obwohl er wie ein Hund darum bettelte.«

»Je mehr ich über meine kriminellen Taten nachdachte, desto klarer erkannte ich, dass es kein moralisches Recht gibt, andere Menschen zu verurteilen oder ihnen vorzuschreiben, was sie zu denken oder wie sie zu leben hätten. Offenheit und Toleranz bedeuten, zu dulden, dass Mitmenschen sich nicht in unserem Sinne verhalten und ihre eigenen Lebensentwürfe haben. Alles andere führt in einen Machtkampf, eine intolerante Gesinnungsdiktatur, und am Ende zu einer Gewaltspirale. Einzig mit Hilfe eines ständigen Meinungsaustausches und der Kraft der besseren Argu-

234

mente sollte man darum ringen, Veränderungen anzu-stoßen.«

Davids Redefluss versiegte. Er hatte seit Langem nicht mehr derart schonungslos sein Innerstes nach außen gestülpt. Es hatte ihn Kraft gekostet.

Katja hatte ihn kein einziges Mal unterbrochen. Sie sah ihn mit einem milden Ausdruck, ohne Anflug von Unverständnis oder Vorwürfen an. David schien es, dass ihre Augen vor Stolz und Güte strahlten. Ihre Hand drückte sanft seinen Arm.

»Dass du an diesem Brandanschlag beteiligt warst, wurde mir rasch klar. Du warst schon immer ein lausiger Lügner. All deine abendlichen Sitzungen oder Arbeiten an der Uni; ich war von Anfang an im Bilde, dass du dich jeweils mit Tom trafst und mit ihm subversive Vorhaben aushecktest. Ich war nie erfreut über eure Kontakte. Hinter Toms jovialer Fassade steckt ein durch und durch hinterhältiges Wesen, ein Soziopath, der Menschen benutzt und sie, wenn er ihrer überdrüssig ist, wieder ausspuckt. Wenn's ihm gelegen kommt, ginge er, ohne mit der Wimper zu zucken, über Leichen. Ich traf mich kürzlich mit ihm und es gab eine hässliche Szene. Seit diesem Abend vermisse ich mein Handy….«

»Wie konntest du mir dann gestern eine SMS von deinem Telefon aus senden?«, unterbrach sie David.

Katja schaute ihn entgeistert an. »Ich habe dir keine Nachricht geschickt!«

»Du wolltest mich doch heute Abend hier oben wiedersehen?«

»Nein, ich hatte nicht vor, dich hier zu treffen«, erwiderte Katja. »Du warst es doch, der mir durch einen Jungen einen handgeschriebenen Zettel zukommen ließ. Ich war anfänglich verunsichert über den abgeschiedenen Treffpunkt, dachte mir allerdings, du hättest deine Gründe.«

Nun schaute David Katja fassungslos an. »Ich habe dir keine Mitteilung überbringen lassen.« Und nach einer kurzen Pause: »Da scheint uns jemand hinters Licht geführt zu haben.«

»Und ich kann mir denken, wer das war«, sagte Katja.

In diesem Augenblick erwachte Andrej: »Mama, mir ist kalt. Wann fahren wir nach Hause?« Er stand schlotternd in seinem Bayern-München-Dress vor den beiden.

Katja warf Andrej die Decke über die Schultern und massierte ihn, bis er behaglich seufzte.

»Kommt, lasst uns aufbrechen und zurückfahren. Es ist spät.«

Sie räumte das Geschirr und die Schüssel mit dem restlichen Kartoffelsalat in ihren Korb. Das Wasser aus der Flasche schüttete sie über das Feuer, bis es wie in einer Waschküche zischte und dampfte und das letzte Glutnest erloschen war. In der Finsternis traten sie den Rückweg zum Parkplatz an. Die schmale

Mondsichel spendete ein mattes Licht und beschien den Pfad.

Beim Wagen kramte Katja nach ihrem Autoschlüssel. Am Schlüsselbund hing ein Lämpchen, mit dem sie das Schlüsselloch beleuchtete. Katja steckte den Schlüssel hinein und versuchte, die Fahrertüre zu öffnen. Zum wiederholten Male war diese blockiert. Sie stemmte sich mit aller Kraft dagegen, bis diese aufschnellte. Katja klemmte sich hinters Steuer und zog die Türe mit voller Wucht zu.

Andrej baumelte schlaff in Davids Armen. Er setzte den schlaftrunkenen Jungen in seinen Kindersitz auf der Rückbank, schnallte ihn fest und ließ die Türe sachte ins Schloss fallen, um den dösenden Jungen nicht aufzuschrecken.

Gerade als David sich auf den Vordersitz neben Katja zwängen wollte, tauchte aus dem Unterholz eine furchterregende, schwarz gekleidete Kreatur auf und pflanzte sich breitbeinig vors Scheinwerferlicht des Autos. Über dem dunklen T-Shirt, der Hose und den Lederstiefeln trug sie einen pechschwarzen, bodenlangen Mantel, der offen stand und in der einsetzenden Brise flatterte wie im Film »Spiel mir das Lied vom Tod«. Um die Stirne hatte sie ein schwarzes Band geknotet. Von der Augenpartie, über die Wangen zum Kinn hinunter, zogen sich übers ganze Gesicht Blitze, die mithilfe von Kohle aufgemalt waren und an eine indianische Kriegsbemalung erinnerten.

David erkannte hinter der grotesken und bedroh-lichen Maskerade Tom. Nach den ersten Schreck-sekunden hätte David Toms Auftritt als lächerlich abgetan, wären nicht sein diabolisches Grinsen, sein irrer Blick und vor allem der Apparat in seinen Händen gewesen, die dem Ganzen einen besorgnis-erregenden Anstrich gaben. David starrte auf den Kasten in Toms Händen. Darauf blinkte ein rotes Lämpchen. Vorne ragte eine Antenne heraus, die gegen das Auto gerichtet war. David wurde schlag-artig bewusst, dass dies kein törichtes Spiel, sondern bitterer Ernst war. All diese Erkenntnisse liefen bei ihm innerhalb Sekundenbruchteilen ab.

»Hallo mein lieber Freund David«, krächzte Tom. »Lange nicht mehr gesehen.« Und nach einer kurzen Pause fuhr er fort: »Heute ist Doomsday, der Tag unserer Abrechnung!«

Toms Augen fixierten den Kasten in seinen Händen, er erhob theatralisch den rechten Zeigefinger und senkte ihn auf einen Knopf, von dem David annahm, dass es der Zünder sei. David schrie zu Katja, die durch die Autoscheibe wie gelähmt die dämonische Szene verfolgte, sie solle sofort aus dem Auto steigen.

Um Tom zu überwältigen, blieb ihm keine Zeit. Er musste Andrej aus dem Gefahrenbereich in Sicherheit bringen. Er riss die rückseitige Tür auf, löste die Gurte, packte den Jungen und hob ihn aus dem

Wagen, in größter Panik, das Auto könne jeden Augenblick explodieren.

Tom drückte derweil fieberhaft auf den Auslöser und tanzte wie ein wutschnaubender Kobold von einem Bein aufs andere. Das Gerät schien eine Ladehemmung zu haben. Mit flinken Fingern manipulierte er an den Drähten. Schließlich presste er erneut auf die Taste. Eine ohrenbetäubende Detonation folgte. Flammen schossen unter dem Chassis des Fahrzeugs hervor und hüllten das Auto ein. Der Parkplatz wurde taghell erleuchtet.

Bei der Explosion hatte David drei Meter Abstand zwischen sich und das Auto gebracht. Andrej lag in seinen Armen. Gegen den Lärm schrie David nach Katja. Er stürmte in einem weiten Bogen ums lichterloh brennende Fahrzeug. Dann sah er, dass die Fahrertüre noch verschlossen war. Katja entdeckte er nirgends. Der Innenraum des Autos füllte sich mit Rauch. Die Scheiben waren blind. Flammen schlugen bereits durchs Verdeck. Für einen kurzen Augenblick registrierte David zwei Fäuste, die in größter Not gegen die Seitenscheibe hämmerten. Dann bewegte sich im Inneren des Wagens nichts mehr.

»Katja, steig aus dieser verdammten Karre!«, schrie David voller Verzweiflung. Er legte Andrej, der steif wie ein Brett war, ins Gras und kämpfte sich zurück zum Wagen, aber die unerhörte Feuerwalze schlug

ihm wie eine Faust ins Gesicht und ließ ihn zurück-
stolpern. Ohnmächtig und erstarrt hielt er inne. Es war
unmöglich, Katja zu befreien. Tränenüberströmt
wandte er den Blick ab. Er musste sich um Andrej
kümmern.

Er kehrte zu dem am Boden liegenden Jungen
zurück. Andrej hatte sich nicht von der Stelle bewegt.
David hob ihn hoch. Davids rechte Hand fühlte sich
feucht und warm an. Er hielt sie gegen den Feuerschein. Sie war blutverschmiert. Erst jetzt gewahrte er
Andrejs schmerzverzerrte Gesichtszüge. Er zog
Andrejs T-Shirt hoch. Am Bauch entdeckte er eine
klaffende, stark blutende Wunde. Da der Junge sein
rotes Bayern-Trikot trug, hatte David die Verletzung
erst jetzt bemerkt. David zog sein Hemd aus und
drückte es auf Andrejs Fleischwunde. Rasch sog sich
der Stoff voll Blut. Vor David öffnete sich ein
Abgrund und drohte, ihn hinunterstürzen zu lassen. Er
redete tröstend auf Andrej ein, obwohl er selber kaum
mehr Hoffnung auf Rettung an diesem abgeschiedenen Ort hatte. Mit tränenerstickter Stimme fing er
mit letzter Kraft an, um Hilfe zu rufen.

David hatte keine Ahnung, wie lange er Andrej bei-
stand. Das Nächste, was er wieder realisierte, waren
zwei Männer, die schemenhaft durch den dichten
Rauch auf ihn zueilten. Einer legte ihm beruhigend
die Hand auf die Schulter und sagte, er sei Arzt. Er

werde sich um Davids verletzten Sohn kümmern. Der zweite Helfer erklärte David, dass er den Rettungsdienst und die Feuerwehr bereits alarmiert habe und diese jeden Augenblick eintreffen würden.

Der Mediziner untersuchte Andrejs Verletzung und legte einen Druckverband an, den er einem Notfallkoffer entnahm. Der zweite Retter hatte einen Feuerlöscher in der Hand und richtete den Strahl gegen das lodernde Fahrzeug. David vernahm noch eine Kaskade von Martinshörnern, die sich den Berg hocharbeiteten und über sich am Himmel ein Knattern und Beben. Daraufhin wurde ihm schwarz vor Augen.

Als David die Augen erneut aufschlug, lag er auf einer Krankenbahre. Neben ihm kniete ein Mann im weißen Kittel, mit einem Stethoskop um den Hals und einer Spritze in der Rechten und lächelte ihn aufmunternd an. David wollte sich erheben. Der Notarzt drückte ihn sanft auf die Bahre zurück.

»Sie sollten vorläufig liegen bleiben und sich schonen«, meinte er fürsorglich.

David schaute sich um. Es herrschte ein Durcheinander. Scheinwerfer strahlten taghell. Drei Feuerwehrautos und eine Ambulanz mit Blaulichtern standen auf dem Parkplatz. Generatoren brummten und schwere Arbeitsgeräte waren angeschlossen. Feuerwehrleute in Vollmontur hantierten an Schläuchen.

»Wo ist Katja, meine Freundin?«, wollte David wissen.

Der Arzt räusperte sich: »Die Feuerwehr musste die Autotür auftrennen. Sie hatte sich durch die Gluthitze verbogen. Ihre Freundin konnte das Auto nicht mehr rechtzeitig verlassen und verstarb. Es tut mir sehr leid.«

David biss sich auf die Unterlippe. Die letzte leise Hoffnung, Katja könnte wie durch ein Wunder dem Inferno entkommen sein, war zerschlagen. Ein Abgrund tat sich vor ihm auf. »Und wo ist Andrej?«, fragte er mit bebender Stimme.

»Ein Helikopter hat den Jungen ins Unispital geflogen. Bei der Detonation bekam er einen Metallsplitter ab. Er hat sich eine tiefe Wunde zugezogen und viel Blut verloren. Er ist jedoch in besten Händen. Wichtig ist jetzt, dass Sie sich erholen und bald wieder auf die Beine kommen. Ich werde sie zur Beobachtung mit der Ambulanz in die Klinik fahren lassen. Ich habe Ihnen ein Beruhigungsmittel gespritzt.«

Die letzten Worte des Arztes drangen von Ferne, wie durch einen Nebelschleier, an Davids Ohr. Das Sedativ entfaltete seine Wirkung.

27

David erwachte am Nachmittag des folgenden Tages in einem Spitalbett. Ihm brummte der Schädel. Am Kopfende stand ein blinkender, piepsender Monitor. Ein Knäuel aus Schläuchen hing aus dessen Eingeweiden. Wände, Tisch, Stuhl und Bettwäsche erstrahlten in klinischem Weiß und es roch penetrant nach Sterilität. Aus dem Panoramafenster hatte David eine unvergleichliche Aussicht auf einen Park mit altem Baumbestand.

Er konnte sich an diesem Anblick nicht erfreuen. In seinem Inneren herrschten Leere und Verzweiflung. Vor nicht einmal 24 Stunden hatten Katja und er am Lagerfeuer gesessen, von einer gemeinsamen Zukunft geträumt und Pläne geschmiedet. Er hatte die Absicht, sein Leben wieder in den Griff zu bekommen und mit Katja und Andrej eine Familie zu gründen. Katja und er waren Seelenverwandte und füreinander ausersehen. Alles schien sich wieder zu einem Bild zusammenzufügen. Sie war das fehlende Puzzleteil in seinem Leben, die Partnerin, die zu ihm passte, ihm guttat und die er innig liebte.

Davids Gedanken kreisten in Endlosschleifen rund um den Anschlag. Tom, diesem Wahnsinnigen, war es gelungen, ihr Glück, ihre Zukunft in Sekundenbruchteilen in Schutt und Asche zu legen. Wieso hatte er sich all die Jahre derart in Tom täuschen können? Weshalb war er so blind, zu erkennen, wie krank dieser Typ war? Und weshalb hatten ihn Kraft und Mut verlassen, Katja rechtzeitig aus dem Auto zu befreien? Hätte sie ihre alte Karre früher in die Werkstatt gebracht, wäre ihnen diese Tragödie erspart geblieben.

David packte das Wasserglas auf der Kommode und schleuderte es mit voller Wucht gegen die Wand. Es zerbarst in hunderte Glassplitter. Er verkrallte sich in die Bettdecke und weinte hemmungslos. Eine Minute später schwang die Türe auf und eine dunkelhäutige, gutgelaunte Krankenschwester betrat das Zimmer.

»Guten Tag, Herr Bader. Wie geht es uns heute?« Ihr Blick wanderte zu den Scherben, der Wasserlache auf dem Boden und schließlich zu Davids verheulten Augen.

Mit tränenerstickter Stimme entgegnete David: »Wie es Ihnen geht, kann ich nicht beurteilen. Mir geht es beschissen.«

Es wurde ihm sofort bewusst, dass er zu heftig reagiert hatte. Er sah, wie ihr Lächeln gefror und sie den Kopf einzog. Er entschuldigte sich für seinen harschen Ton und fragte: »Wissen Sie zufällig, wie es

dem Jungen geht, der gestern Nacht mit einer Bauch-
verletzung eingeliefert wurde? Er heißt Andrej.«

»Ich werde mich erkundigen«, meinte die Pflegerin
kurz angebunden und verließ den Raum. Sie kehrte
nicht mehr zurück.

Dafür erschienen austauschbare, unvertraute
Gesichter von Pflegenden, die stumm und geschäftig
die Glasreste zusammenkehrten, den Puls, den Blut-
druck und die Temperatur massen, Essen brachten
oder eine Karaffe mit Tee hinstellten. Von Zeit zu Zeit
wurde etwas auf das Klemmbrett notiert, das am Fußende hing.

Gegen Abend tauchte eine zierliche Frau im weißen
Kittel, mit einem Pagenschnitt, auf. David schätzte sie
auf Mitte dreißig. Sie stellte sich als Oberärztin Dr.
Steiger vor. Sie zog einen Stuhl ans Bett und ließ sich
mit einem Seufzer darauf nieder. Sie sah abgearbeitet
aus. Ihre Augen waren gerötet und darunter lagen
dunkle Schatten.

»Herr Bader, zuerst möchte ich Ihnen mein herzliches Beileid zum Tode ihrer Lebenspartnerin aussprechen. Wenn Sie Hilfe benötigen, kommen Sie auf
uns zu. Wir könnten ihnen einen Psychologen vermit-
teln.« Nach einer kurzen Pause fuhr sie fort: »Was
Ihren Sohn betrifft, wissen wir noch nichts Genaueres.
Wir mussten ihn in ein künstliches Koma versetzen.
Er hat durch einen Metallsplitter eine diffizile Verletzung im Bauchraum abbekommen und eine Menge

Blut verloren. Wir tun unser Möglichstes, ihn zu retten. Wir werden Sie auf dem Laufenden halten.« Sie verabschiedete sich mit einem flüchtigen Lächeln und enteilte zum nächsten Patienten.

Das Zimmer wirkte auf einmal noch trostloser und beklemmender. David fühlte sich alleingelassen. Zum ersten Mal seit seiner Zeit als Ministrant faltete er die Hände ineinander und begann zu beten.

Am nächsten Morgen kreuzte die Oberärztin früh zur Visite bei David auf. Im Schlepptau hatte sie sechs junge, angehende Mediziner in weißen Kitteln und mit Stethoskopen um den Hals. Im Halbkreis postierten sie sich um Davids Bett, musterten ihn und lauschten gespannt den Erläuterungen ihrer Chefin. David kam sich vor wie ein exotisches Studienobjekt.

Zu David gewandt sagte sie: »Wir haben Ihre Werte getestet. Körperlich ist bei Ihnen alles in bester Ordnung. Wir nehmen an, dass Ihr Kollaps eine Folge des Schocks war, den Sie durch den Anschlag erlitten hatten. Wir werden Ihnen ein Beruhigungsmittel mitgeben, das Sie bei Bedarf einnehmen können. Wir empfehlen Ihnen, eine psychologische Beratung aufzusuchen, damit Sie dieses Trauma verarbeiten können.«

Zu den Weißkitteln gewandt ergänzte sie: »Es spricht nichts gegen eine Entlassung am heutigen Tag.« Sie drückte fest Davids Hand und wandte sich zur Türe, als David nachhakte, ob es Neuigkeiten zu Andrejs Zustand gäbe. Sie schüttelte den Kopf: »Der Junge liegt nach wie vor im Koma. Falls Sie möchten, dürfen Sie ihn aber gerne besuchen.«

David zog das unförmige Spitalhemd aus, wusch sich notdürftig am Waschbecken, bürstete seine zerzausten Haare und zog seine Straßenkleider an. Hinterher machte er sich auf die Suche nach Andrejs Zimmer. Er fragte sich durch die verwinkelten Gänge, bis er auf der Intensivstation vor der Türe des Jungen stand. Dort verließ ihn sein Mut. Am liebsten hätte er sich wieder davongestohlen. Er hatte keine Ahnung, welcher Anblick ihn hinter dieser Türe erwartete.

Er atmete tief durch, um sich zu sammeln. Verhalten klopfte er und trat ein. Das Zimmer war spärlich beleuchtet. Von nirgends drang Tageslicht hinein. Eine matte Lichtquelle warf ihren Schein von schräg hinten auf das Bett mitten im Raum. Überall blinkten, piepten, saugten und gurgelten Apparate.

Auf einem viel zu großen Bett lag verloren Andrejs Körper. Er sah zart und zerbrechlich aus. Ein Gewimmel aus Schläuchen pumpte lebenserhaltende Medikamente durch die Hightech-Maschinen zu dem winzigen Bündel. Davids Herz krampfte sich zusammen, als er den Knaben zwischen all den Geräten sah, wie er um sein Leben kämpfte. Hilflos trat David ans Bett.

»Hallo Andrej«, flüsterte er. »Ich bin's, David.« Er zog einen Stuhl heran und setzte sich darauf. Sanft streichelte er Andrejs Haare.

Der Junge zeigte keinerlei Regung. Sein Atem rasselte und stockte zwischendurch. Für David war dieser Anblick unerträglich. Um sich auf andere Gedanken zu bringen und in der leisen Hoffnung, dass Andrej seine Anwesenheit irgendwie mitbekäme, begann er drauflos zu schwatzen. Zuerst zögerlich, danach gefasster, beschrieb er seine Kindheit auf dem Bauernhof. Er schilderte, wie er die Kühe von Hand melken und ihnen Heu füttern musste. Er erzählte, wie er zusammen mit seinem Vater auf dem klapprigen Traktor in den Wald tuckerte, um eine Tanne zu fällen und sich nur mit viel Glück und einem gewaltigen Sprung vor dem umstürzenden Stamm retten konnte. Er verriet ihm, dass er sich mithilfe von Büchern sein Wissen über die Pflanzen in der Natur angeeignet hatte und sich einmal übergeben musste, weil er irrtümlicherweise die roten Beeren des Geißblattes verzehrt habe. Er berichtete von der ersten Begegnung mit Katja und wie er dabei heftig errötete, als sie ihn ansprach. Und er vertraute ihm an, dass sein innigster Wunsch gewesen war, Katja zu heiraten und Andrej zu adoptieren.

Als David auf sein Handy schaute, stellte er fest, dass schon eine Stunde verstrichen war. Andrej atmete unterdessen sanft und gleichmäßig.

28

David saß zuhause auf dem Sofa und starrte zum Fenster hinaus. Es war ein wolkenverhangener, kühler Spätsommernachmittag. Die ersten Herbstblätter schwebten, vom Winde getragen, zu Boden. Die letzten Tage war es still und trostlos um David herum geworden. Katja, die üblicherweise mit dem Geschirr in der Küche klapperte und dabei ein Lied summte, war für immer verstummt. Andrej, der einst durch die Wohnung flitzte und mit den Türen knallte, hatte nicht einmal mehr die Kraft, selber zu atmen.

Abends saß David vor einer Flasche Wein, um seine Sinne zu benebeln sowie den gröbsten Schmerz zu unterdrücken, und lenkte sich mit einer stumpfsinnigen Fernsehsendung ab. Gelegentlich meinte er, Katjas Stimme aus der Küche zu vernehmen, oder einen Hauch ihres Parfums, das durch die Wohnung waberte, zu erschnuppern. In diesen Momenten sog er die Luft tief ein, drehte den Fernseher leiser und lauschte Richtung Küche. Aber es blieben Wunschträume aus einer vergangenen, glücklicheren Zeit. Was hätte er nicht dafür gegeben, ein letztes Mal neben Katja auf dem Sofa zu sitzen, sie zu anzusehen und in seine Arme zu nehmen. Erst wenn ein Mensch unwiederbringlich verloren ist, wird uns die Lücke, die er hinterlässt, schmerzlich bewusst.

Vor einigen Tagen hatte er eine Vorladung des Strafgerichts für den morgigen Nachmittag erhalten. Er hatte insgeheim gehofft, dass die Polizei nach diesen tragischen Ereignissen ihr Interesse an ihm verloren hätte. Die Kommissarin schien sich indessen wie ein Pitbull in ihn festgebissen zu haben. Am folgenden Tag stand er gegen 14 Uhr vor dem Gebäude der Staatsanwaltschaft und meldete sich beim Empfang. Er wurde an einen Saal im dritten Stock verwiesen. Dort klopfte er zaghaft an die prunkvolle Türe. Von drinnen erschallte ein Ruf. David trat ein.

Im Raum sassen vier Personen im Halbkreis hinter ihren Arbeitspulten. Jedes Augenpaar richtete sich auf ihn. Bis auf die Dame im besten Alter mit blonder Mähne, im dunkelblauen, eleganten Deux-Pièces, die erhöht auf einem Podest saß, hatte er alle Anwesenden schon kennengelernt.

Die Polizeikommissarin, die rechts außen Platz genommen hatte, begrüßte ihn und stellte die Anwesenden vor. Die Unbekannte hieß Lanfranchi und war Staatsanwältin. Zu ihrer Linken sass ein distinguierter, älterer Mann in einem schwarzen Anzug. Mit diesem Herrn, der Müller hieß und amtlicher Verteidiger war, hatte David vor einer Woche bereits eine Unterredung gehabt. Etwas abseits hatte sich der junge Polizist niedergelassen, welcher der Hauptkommissarin wie ein Schatten folgte und dessen Name David erneut entfallen war. Leider vergaß die Kommissarin, ihn zu erwähnen.

David wurde ein Stuhl im Zentrum des Halbkreises zugewiesen. Die Aufstellung erinnerte ihn an das demütigende Tribunal, das er im letzten Jahr seiner Volksschulzeit erdulden musste, nachdem er einem Schüler, der ihn dauernd gepiesackt hatte, seine oberen Schneidezähne ausgeschlagen hatte.

Die Staatsanwältin räusperte sich. »Wir alle möchten Ihnen unser herzliches Beileid zum Verlust ihrer Lebensgefährtin aussprechen.«

Das Gremium nickte zustimmend.

»Ich möchte nicht lange um den heißen Brei herumreden«, fuhr die Staatsanwältin fort. »Wir haben Sie im Fall der Brandstiftung in Bezug auf das Auto des Journalisten vorgeladen. Wir haben ermittelt, dass Sie der Haupttäter sind. Anhand des anonymen Schreibens haben wir den Verdächtigen Sebastian Borer ausfindig gemacht. Er hat während unserer Vernehmung gestanden, dass Sie und Tom Burckhardt die treibenden Kräfte hinter diesem Anschlag waren. Sie hätten die Brandflasche ins Auto geschleudert. Zusätzlich fanden wir am Waldrand, nahe beim Tatort Zigarettenstummel. Auf einem identifizierten wir Ihre

DNA. Wir schlossen daraus, dass Ihre Freundin Ihnen ein falsches Alibi gab, um Sie zu decken. Was sagen Sie dazu?«

Davids Lügengebäude brach zusammen. Gleichzeitig fiel eine zentnerschwere Last von seinen Schultern. Mit zittriger Stimme erklärte er: »Ich gestehe, für diesen Anschlag verantwortlich zu sein. Ich bereue dieses Verbrechen zutiefst. Es war eine sinnlose und gemeine Tat. Ich möchte den Journalisten und seine Familie um Verzeihung bitten für all das Leid und die Ängste, die ich ihnen verursacht habe.«

Eine Sekretärin, die David erst jetzt zuhinterst im Raum bemerkte, klapperte flink auf einem Laptop und protokollierte seine Aussagen.

»Mit dem Tod von Pfarrer Schäfer habe ich dagegen nichts zu tun«, fuhr er fort. »Ich war zwar jahrelang sein Messdiener und hatte allen Grund, ihn zu hassen, weil er mir meine Jugend zerstört hatte. Unzählige Sonntage hat er mich nach der Messe befingert und sexuell missbraucht und mir gedroht, er würde dafür sorgen, dass ich in ein Heim käme, sollte ich jemanden darüber informieren. Er meinte grinsend, ich könne mir ja ausmalen, wem man eher vertrauen würde: einem ehrbaren Gottesmann oder einem Halbwaisen und Bauerntrampel.« David stockte und wandte den Blick zu Boden. »Ich hatte Angst, diese Schande könnte meinem Vater endgültig den Lebenswillen rauben und ihn, wie meine Mutter, umbringen.«

Die letzten Worte Davids waren kaum mehr zu vernehmen, obwohl man im Saal eine Stecknadel hätte zu Boden fallen hören.

Nach Davids Geständnis blickte die Staatsanwältin prüfend in die Runde. Alle schauten betreten zu Boden.

»Ich denke, alle Fakten sind auf dem Tisch und wir können uns zur Beratung zurückziehen. Sie, Herr Bader, warten bitte draußen, bis wir Sie wieder hereinbitten.«

David wurde durch den jungen Polizisten in den Gang begleitet. Er durfte sich an einem Automaten einen Becher Kaffee ziehen. Nach einer unendlich langen halben Stunde wurde er zurück in den Saal geholt.

Die Staatsanwältin verkündete: »Der amtliche Verteidiger sowie ich seitens der Staatsanwaltschaft haben folgendes Urteil gefällt: Sie haben eine absolut verwerfliche Tat begangen und dabei Menschenleben gefährdet. Sie haben die Tat gestanden, und scheinen glaubhaft Reue zu empfinden. Sie haben die Absicht, die Familie um Verzeihung zu bitten. Wir schätzen, dass Sie eine günstige Sozialprognose haben und diese Tat ein einmaliges Ereignis bleiben wird. In Anbetracht Ihres tragischen Schicksals und Ihres selbstlosen Verhaltens bei der Rettung des Jungen, möchten wir Ihnen Ihre Zukunft nicht verbauen. Wir haben in diesem abgekürzten Verfahren als Strafmaß

Folgendes entschieden: Wir verhängen eine bedingte Gefängnisstrafe von zwölf Monaten während einer Probezeit von drei Jahren.«

Nach der Verhandlung verließ David erschöpft und gleichzeitig befreit das Amtsgericht. Vor dem Gebäude steckte er sich eine Zigarette an.

Die Kommissarin kam auf ihn zu: »Ich bin erleichtert, dass das Gericht ihre Straftat so milde beurteilt hat und Sie nicht ins Gefängnis wandern. Es hätte auch anders enden können.« Sie lächelte ihn an. Ihre Augen strahlten eine ungewohnte Güte aus.

»Werde ich nun wegen der Geschichte mit dem Pfarrer verklagt?«

»Nein«, entgegnete sie. »Dieser Fall ist aufgeklärt. Der Mörder ist uns bekannt. Er kann leider nicht mehr für sein abscheuliches Verbrechen zur Rechenschaft gezogen werden.«

David schaute die Kommissarin fragend an: »Dann hat die Polizei den Täter ausfindig gemacht?«

»Ja. Es handelt sich um dieselbe Person, die den Sprengsatz am Auto Ihrer Freundin montiert hatte.«

David war bestürzt. Seine Beine trugen ihn nicht mehr und er musste sich auf die Treppe setzen. »Meinen Sie Tom Burckhardt? Aber weshalb?«

»Er war der klassische Narzisst, der sich nach permanenter Bewunderung und Anerkennung sehnt, diese jedoch nie zu stillen vermag. Ich denke, er empfand Ihnen gegenüber abgrundtiefen Hass. Er spürte, dass Sie durch ihre gefestigte Persönlichkeit ihm überlegen waren. Zudem waren Sie mit seiner Ex-Freundin zusammen. Sie waren der Stachel in seinem Fleisch. Solchen Menschen kann chronisch schwelende Feindseligkeit innewohnen. Er versuchte seit Längerem, Ihnen zu schaden, wann immer sich die Gelegenheit dazu bot. Durch das Bekennerschreiben nach dem Brandanschlag probierte er, uns auf Ihre Fährte zu locken. Ferner hat er eines Ihrer Haare auf der Soutane des Priesters deponiert. Zum Glück entdeckten wir Toms Fingerabdrücke auf dem Handy des Pfarrers. In der Hektik hatte er vergessen, dieses abzuwischen. Zudem hatte Toms Nachbar beobachtet, wie er mit einem giftgrünen Motorrad jeweils Spritztouren unternahm, demselben Zweirad, das laut Zeugen am Tatort gesichtet wurde.«

David hörte gebannt und voller Abscheu zu. »Wissen Sie, wo sich Tom zurzeit befindet?«, wollte David wissen. »Konnten Sie ihn bereits verhaften?«

»Offensichtlich hat man Sie nicht informiert. Nach dem Attentat durchkämmte ein Polizei-Suchkommando mit einer Hundestaffel den Wald beim Aussichtsturm. Ein Polizeihund nahm seine Witterung auf und scheuchte ihn aus dem Unterholz auf. Tom erschoss das Tier. Als Polizisten sich Tom näherten, feuerte er auch auf diese. Ein Beamter sagte aus, Tom sei unvermittelt hinter einem Baum hervorgetreten, habe mit seinem Revolver herumgefuchtelt, die Waffe auf einen Polizisten gerichtet und teuflisch gegrinst. Beim anschließenden Schusswechsel wurde er tödlich getroffen. Wir nehmen an, er habe einen »Suicide by Cop« provoziert, das heißt, er hatte die Absicht, durch eine Polizeikugel zu sterben. Die spätere Obduktion ergab, dass er einen Cocktail aus Psychopharmaka in Verbindung mit Alkohol intus hatte.«

David durchlebte eine Gefühlsachterbahn. Einzelne Szenen ihrer langen, intensiven Freundschaft liefen wie ein Film vor seinen Augen ab. Er entsann sich, wie Tom im Gymnasium während der Lateinklausuren jede Chance zum Spicken wahrnahm, sobald der schwerhörige Lehrer ihnen den Rücken zudrehte. Er erinnerte sich, als sie in einer Frühlingsnacht bei Vollmond, nur in Unterhosen bekleidet, in den Rhein stiegen und, nachdem sie ans Ufer zurückgeschwommen waren, feststellen mussten, dass ihre Kleider geklaut worden waren. Schlotternd und Deckung suchend, schlichen sie durch halb Basel nach Hause. Und es kam ihm in den Sinn, dass Tom ihn jeweils entwaffnend angrinste, wenn David kurz vor einem Wutanfall war. Tom gelang es immer wieder, Davids Aggressionen wie bei einem aufgeblasenen Luftballon verpuffen zu lassen.

David vermochte die Puzzle-Teile nicht zusammensetzen, wann und weswegen sich dieser heitere, ausgelassene Mensch zu einem derartigen Monster gewandelt hatte. Er erinnerte sich an kein spezielles Ereignis, keine tiefe Verletzung als Ursache dieser Eiseskälte.

David war erschüttert, wieso er mit solcher Blindheit geschlagen war und die Warnzeichen nicht erkennen wollte. Katja hatte ihn wiederholte Male vor Toms perfidem Charakter gewarnt. Die Polizistin hatte erwähnt, Tom habe seit Längerem versucht, ihn ins Verderben zu stürzen. David war leichtgläubig und wollte sich unbedingt an seiner Illusion festkrallen, Tom sei sein wertvollster Freund.

Die Stimme der Kommissarin holte ihn wieder in die Gegenwart zurück: »Schier hätte ich es vergessen: Diesen Brief, der an Sie adressiert ist, haben wir in der Sporthose Andrejs gefunden.« Sie überreichte David einen rosa Umschlag, auf dem mit geschwungener, leicht zittriger Handschrift sein Name stand. »Ich hoffe, wir werden uns beruflich nie wieder über den Weg laufen. Ich wünsche Ihnen, dass Sie den Schmerz ihres Verlustes bewältigen. Und ich drücke Andrej die Daumen, dass er bald über den Berg ist und sich komplett erholt.«

Sie hielt Davids Hand einen Moment. Dann stieg sie die Treppe hinunter und verschwand im Menschengewühl.

29

Andrej lag die fünfte Woche im künstlichen Koma. Die Ärzte erklärten, dies solle den langwierigen Heilungsprozess unterstützen und dem Kind die Angstgefühle nehmen. Sooft David sich erkundigte, wie lange man ihn noch im Tiefschlaf zu halten gedenke , wollten die Mediziner keine Prognose abgeben. Sie waren sich uneins, ob Andrej bereits über den Berg war oder ob er bei zu frühem Aufwachen einen Rückschlag erleiden könnte. Sie vermochten ebenso wenig vorherzusagen, ob Andrej je komplett genese, oder ob er Folgeschäden davontragen werde. Der Metallsplitter war tief in seinen Körper eingedrungen und hatte die Milz zerfetzt und den Darm perforiert.

David hatte sich, wie er Katja versprochen hatte, wieder an der Universität eingeschrieben. Täglich machte er auf dem Heimweg von der Fakultät einen Abstecher ins Spital. Dort setzte er sich an Andrejs Bett und las ihm ein Kapitel aus Michael Endes »Jim Knopf und Lukas der Lokomotivführer« vor, einer Geschichte, die er als Kind selber verschlungen hatte. David hatte gelesen, dass Komapatienten keinerlei äußere Reize wahrnahmen. Ab und zu schien es ihm trotzdem, dass bei spannenden oder witzigen Buchpassagen ein Zucken durch Andrejs steifen Körper ging und ein Schmunzeln über sein Gesicht huschte.

Heute hatte David einen anstrengenden Tag hinter sich und wünschte sich sehnlichst, von der Uni direkt nach Hause zu fahren, zwei Teller Spaghetti zu verschlingen und früh ins Bett zu steigen. Er entschied sich, nur kurz bei Andrej vorbeizuschauen. Den Weg durch die verwinkelten Spitalgänge zu dessen Zimmer fand er im Schlaf. Er klopfte jeweils an die Zimmertür, wartete kurz ab, bevor er eintrat, obwohl von drinnen niemals eine Antwort kam.

Heute vernahm er undeutlich eine Stimme, die »herein« rief. Zögerlich öffnete er die Tür. Neben dem Bett, mit dem Rücken zu ihm, saß ein älterer, gebeugter Mann und hielt die Hand des Jungen. David blieb wie angewurzelt stehen. Der Besucher drehte sich um und David schaute in die Augen seines Vaters.

»Hallo, mein lieber Junge«.

David war durch die Anwesenheit seines Vaters und dessen von früher her nie gekannter warmherziger Anrede irritiert. »Hallo Papa«, erwiderte er gedehnt.

David schob einen Stuhl ans Fußende des Bettes und setzte sich darauf. Ihr Schweigen zog sich hin. Einzig das Blubbern des Beatmungsgeräts und das Piepsen der Monitore unterbrachen die Stille. David empfand trotz allem nicht die unerträgliche Schwere, die er während seiner Kindheit im Beisein seines Vaters meist empfunden hatte. Hier saßen sich zwei aus gleichem Holz geschnitzte, knorrige Charaktere gegenüber, die ihre Seele nicht auf der Zunge trugen. Beide waren in Gedanken versunken und schauten auf das schutzlose Knäuel im Bett, dessen dünne Arme und Beine aus dem viel zu weiten Nachthemd ragten. David grübelte, weshalb sein Vater hier aufgetaucht sei und wie er mitbekommen hatte, dass Andrej im Spital lag.

Davids Vater unterbrach seine Überlegungen. »Nachdem du und Katja mich auf dem Hof besucht habt, hatte sie mich gelegentlich kontaktiert. Schließlich kam sie zweimal mit Andrej vorbei. Ich habe den liebenswürdigen, quirligen Burschen rasch ins Herz geschlossen. Er hat mich an dich gemahnt, als du ein kleiner Junge in seinem Alter warst.« Er legte eine kurze Pause ein, um die richtigen Worte zu finden, und fuhr dann fort: »Einen Tag vor dem Attentat suchte mich Katja erneut auf. Sie erschien mir kopflos und verstört. Sie behauptete, sie wisse, wer Pfarrer Schäfer umgebracht habe. Sie mache sich Sorgen, da dieser Person jede Heimtücke zuzutrauen sei. Sie meinte, als ich sie nach dem Namen fragte, sie wolle ihn mir nicht nennen. Sie dürfe mich da nicht mit hineinziehen. Mit ihrem Verdacht könne sie auch nicht zur Polizei gehen, da ihr die Beweise fehlten.«

Er hielt inne, um sich die Nase zu schnäuzen. »Was hätte ich tun sollen? Ich nahm die Warnzeichen zu wenig ernst. Statt mich an die Polizei zu wenden, redete ich mir ein, dass Katja übertreibe und sich in etwas hineinsteigere.« Wieder griff er zu seinem Taschentuch, putzte sich die Nase und wischte verstohlen eine Träne von seiner Wange. »Zwei Tage später las ich in der Zeitung über den Bombenanschlag. Anfangs brachte ich diesen nicht mit euch in Verbindung. Namen standen keine da. Es war die Rede von einem jungen Paar sowie einem Knaben aus Basel. Nachdem Katjas Handy trotz mehrmaliger Anrufe stumm blieb, war ich besorgt. Ich rief die Polizeidienststelle an. Der Beamte wollte mir zuerst keine Auskunft geben. Erst als ich ihm meine Lage schilderte, klärte er mich auf. Der Anschlag habe dir, Katja und Andrej gegolten, wobei der Junge schwer verletzt und Katja getötet worden seien. Ich konnte es nicht verstehen. Ich fühlte eine ohnmächtige Wut und Trauer. Ich war trotz allem erleichtert, als ich vernahm, dass du wohlauf seist. Dich, mein einziges Kind, auch noch zu verlieren, hätte ich niemals verkraftet.«

Davids Vater erhob sich schwerfällig. Er hinkte zum Waschbecken und wusch sich seine Hände, die von der harten Arbeit und der Sonne gegerbt waren. Er rieb sie sorgfältig und ausdauernd an einem der beiden Handtücher trocken. Dann richtete er die

Tücher akkurat aus, so dass die Säume eine exakte Linie bildeten.

David schaute ihm fasziniert zu. Er hatte eine Gemeinsamkeit zwischen seinem Vater und sich entdeckt.

»Papa, während meiner Kindheit hattest du kaum je etwas über Mama erzählt. Wie war sie eigentlich als Mensch?«

Sein Vater schleppte sich zu seinem Stuhl zurück und setzte sich schwerfällig hin. Er holte tief Luft und stützte sein Kinn in die Hand. Seine Augen richteten sich auf einen Punkt in der Ferne und begannen zu leuchten.

»Sie konnte die besten Spaghetti nördlich von Italien auf den Tisch zaubern. Überhaupt war sie eine leidenschaftliche Köchin, die aus einfachsten Zutaten ein Festmahl kreieren konnte. Deine Mutter war der liebste und geduldigste Mensch, der mir je begegnete. Sie brachte für jedermann Verständnis auf. Wenn du einen Tobsuchtsanfall hattest und deinen Teller auf den Boden schmissest, weil du etwas nicht mochtest, blieb sie geduldig neben dir sitzen, beruhigte dich, massierte dir den Rücken, bis du dich erholt hattest und deine Wut verraucht war. Nie wurde sie laut. Wenn sie lächelte, dann bildeten sich, wie bei dir, Grübchen auf ihren Wangen. Es gelang ihr ganz leicht, die Menschen durch ihren Liebreiz für sich einzunehmen. Sie konnte aber auch ein richtiger Dickschädel sein. Hatte sie sich etwas in den Kopf gesetzt, konnte man sie nicht mehr davon abbringen. Wir hatten uns einmal, noch vor deiner Geburt, vorgenommen, eine Fahrradtour mit dem Zelt zu unternehmen. Am Tag, als wir losfahren wollten, begann es wie aus Eimern zu schütten. Die Wetterprognose verhieß die ganze Woche nasskaltes, windiges Herbstwetter. Ich plädierte dafür, es uns bei diesem Sudelwetter zu Hause gemütlich zu machen. Sie aber wollte den Urlaub um jeden Preis durchziehen. Missmutig gab ich mich geschlagen. Jeden Tag wurden wir bis auf die Haut durchnässt, bauten das feuchte Zelt auf irgendeiner sumpfigen Wiese an einem Waldrand auf, versuchten, mit dem pitschnassen Holz Feuer zu entfachen und krochen abends durchfroren in unsere müffelnden Schlafsäcke.«

»Es wurden unsere wunderbarsten Ferien. Wir genossen die Ruhe in der Natur, aßen deftige Gerichte vom Feuer, die herrlich schmeckten. Wenn nach Durchzug einer Regenfront plötzlich der Himmel aufriss und alles in ein goldenes Licht getaucht wurde, lagen wir bäuchlings in unserem engen Zelt und schauten schweigend hinaus auf die Natur, die sich vor uns in ihrer ganzen Pracht entfaltete. Wir begegneten uns jeden Tag neu und verliebten uns neuerlich ineinander.«

Die Schilderungen rührten David und ließen seine Mutter wieder lebendig werden. Er lächelte still vor sich hin. Mit ähnlichen Worten hätte er auch Katja charakterisiert.   Davids Vater stand auf und wandte sich zur Türe. Beim Hinausgehen strich er David wie beiläufig über den Kopf.

Zu Hause holte David sich eine Kaffeetasse aus dem Küchenschrank. Neben den Tellern guckte Susannes Brief hervor, den er beiseitegelegt hatte, um ihn zu lesen, sobald er wieder in ruhigeren Gewässern unterwegs wäre. Der Zeitpunkt war gekommen, ihn zu öffnen. Sorgfältig löste er die Lasche und begann zu lesen.

»Herzensguter David, wenn du diese Zeilen liest, werde ich an einem fernen, friedlichen Ort, frei von Leid und Kummer, angekommen sein. Ich werde dort allerdings ohne all meine wertvollen Freunde auskommen müssen. Du warst für mich das größte Geschenk in meinem Leben. Vom ersten Augenblick an, als du vor Jahren tapsig und verloren über die Schwelle des Gasthofes meines Bruders tratst, habe ich dich in mein Herz geschlossen. Du warst für mich der Junge, den ich mir sehnlichst gewünscht, aber leider nie bekommen hatte. Die zahlreichen Stunden in deiner Gegenwart in meinem Häuschen, der Austausch mit dir, haben mich beflügelt, mich geistig jung erhalten und mir eine faszinierende Sicht auf die Welt eröffnet. Einiges, was du mir erklärtest, konnte ich zwar altershalber nicht mehr nachvollziehen. Auch wenn du im Augenblick beschwerliche Zeiten ertragen und durch Untiefen waten musst, weiß ich, dass du dein Leben meistern wirst. Du warst stets ein Kämpfer, der sich nach Niederlagen aufraffte. Du hast eine große Dosis Resilienz, (ein Wort, das du mich gelehrt hast), die dich widerstandsfähig gegen Nackenschläge macht. Dein Vater hat dir ein stabiles Fundament gelegt, auch wenn eure Beziehung spannungsgeladen war. Er ist ein gutherziger Mensch und Vater, der sein Möglichstes tat, dich verehrte und liebte, selbst wenn er dies mitunter nicht zeigen konnte. Ich wünschte mir inständig, dass ihr wieder zueinanderfindet, trotz all der Qual und Erstarrung, die der Tod deiner Mutter zwischen euch hervorrief. Ich werde aus meinem fernen Himmelswinkel auf dich herabschauen und, wann immer möglich, meine schützende Hand über dich ausstrecken.   Lebe wohl, unersetzlicher, teurer David.

Deine Susanne«

30

Am folgenden Morgen schrillte Davids Handy und riss ihn aus dem Schlaf. Am anderen Ende der Leitung vernahm er die aufgeregte Stimme der Oberärztin aus dem Spital.

»Herr Bader. Andrej ist aus dem Koma erwacht! Er hat sich nach Ihnen erkundigt.«

David stürzte sich in seine Kleider und raste mit seinem Rad quer durch die Stadt. Er überfuhr jegliche Stoppzeichen und Rotlichter. Außer Puste stürmte er die Treppen in den dritten Stock des Spitals hinauf. Ohne anzuklopfen, stürzte er ins Zimmer. Andrej saß im Bett, das Rückenteil hochgeklappt, gestützt durch zwei Kissen. Er sah blass und hohlwangig aus, lächelte David indessen tapfer an. David näherte sich ihm und nahm ihn sanft in seine Arme.

»Wieso bin ich im Spital?«, wollte Andrej wissen.

»Du hattest einen Unfall. Damit du erneut zu Kräften kommst, ließ man dich lange tief schlafen.«

»Werde ich nun sterben?«

»Nein, alles wird gut. Du musst noch ein paar Tage hierbleiben, bis du wieder rumtoben darfst.«

»Wieso ist Mama nicht da?«

Offenbar hatte niemand Andrej über den Tod seiner Mutter aufgeklärt. David hatte keine Ahnung, wie man einem Fünfjährigen, der knapp dem Tod entronnen war, schonend mitteilte, dass seine Mama für immer gegangen war und ihn nie mehr in ihre Arme nehmen würde. David hatte selber nur eine vage Vorstellung, wie es bei ihm gewesen war, als seine Mutter verstarb. Aber noch heute empfand er den Schmerz sowie die abgrundtiefe Leere bei dieser Erinnerung.

In diesem Moment öffnete sich die Türe. Die engagierte Oberärztin, die ihm mitgeteilt hatte, dass Andrej aus dem Koma erwacht sei, trat ins Zimmer. Sie strahlte eine wohltuende Gelassenheit und Sicherheit aus. Sie nickte David zu und wandte sich an Andrej: »Hallo, junger Mann. Du scheinst ja ein richtiger Langschläfer zu sein.«

Andrej lächelte sie scheu an.

»Wie fühlst du dich?«

»Ich bin noch ein wenig müde.«

Sie lachte herzlich. »Wir haben dich lange schlafen lassen. Jetzt musst du ordentlich futtern, damit du vollkommen gesund wirst und in ein paar Tagen wieder deinem Fußball nachstürmen kannst.«

»Oh, ja!«, strahlte Andrej und zu David gewandt sagte er: »Dann werde ich dich wieder besiegen.«

Die Oberärztin bat David, ihr auf den Gang zu folgen. Draußen erklärte sie: »Die Verletzungen des

Jungen waren gravierend. Wir waren eine Zeitlang unsicher, ob er es schaffen würde. Er hat sich, dank seiner robusten Konstitution, erstaunlich rasch erholt. Wir werden ihn hier noch ein paar Tage aufpäppeln. Nach unserer Einschätzung sollten die Wunden komplikationslos heilen.«

David fiel eine zentnerschwere Last von den Schultern.

Die Medizinerin fuhr fort: »Mit den Einzelheiten über den Tod seiner Mutter sollte man zum jetzigen Zeitpunkt vorsichtig sein und in dosierten Schritten vorgehen. Ich rate Ihnen, einen Psychologen zu konsultieren. Ich könnte Ihnen einen Spezialisten für Traumata bei Kindern empfehlen.«

»Das wäre mir eine große Hilfe«, erwiderte David. »Ich bin zwar angehender Psychologe, fühle mich dabei dennoch überfordert. Ich weiß ja selber nicht, wie ich mit dem Verlust von Katja umgehen soll.«

Er bedankte sich herzlich bei der Ärztin und kehrte zurück ins Zimmer.

Andrej lag mit geschlossenen Augen im Bett und schien zu dösen. Er schlug seine Augen nochmals auf und erklärte mit matter Stimme: »Wenn ich wieder gesund bin, will ich zu Opa auf den Bauernhof. Dann werde ich mit ihm ebenfalls auf dem Traktor in den Wald fahren, um einen Baum zu fällen.«

Danksagung

Ich bedanke mich bei allen Personen, die auf vielfältige Art zum Gelingen dieses Romans beigetragen haben.

Besonders danken möchte ich Irene, meiner Frau, die sich immer wieder Zeit nahm, mein Manuskript zu lesen, mich anspornte und mir Kraft und Mut zusprach, wenn Zweifel an mir nagten.

Grosser Dank gebührt auch Claudia Indermühle, die mit ihrem präzisen Sprachgefühl meinen Text an den größten Untiefen vorbei lektorierte und mich bei diesem Projekt unterstützte.

Herzlich danken möchte ich Silvia Hänzi, die mir juristisch beratend zur Seite stand und stets ein offenes Ohr für meine Anliegen hatte.

Meinen Söhnen Marco und Jonas Zingg danke ich für ihre Hilfe, wenn ich wegen der Tücken der Informatik jeweils an den Rand der Verzweiflung kam.